相见若只当时月

古诗词中的相思之美

夏若颜——著

中国华侨出版社

前言

爱情，是人生这场戏中最重要的桥段。在最婉约的诗歌中，在最动人的词句中，在你不经意的回眸中，她可能就已经悄然地与你相遇。有的相遇成歌，注定了在这缠绻红尘中，相携而去；有的转身为念，行色匆匆，剩下独自而行的宿命，所以才有了离别成歌、相思成语。

邂逅，在不经意间，没有约定，也没有守候。或一笑成歌，或浅语嫣然，或笑靥如花。邂逅，在最美的诗歌中，在最美的词句中，寻找那久违了的春暖花开。

邂逅，似一场花开，我在岁月的转角，感叹生命中的倾心相遇与无常的别离，人生的聚散离合都缘于一场缘分。缘起时，你在人群中；缘散时，你已在天涯。如若遇见，不说永远，说珍惜。

是谁，夜色微澜中，独守着一纸素笺，颗颗清泪缓缓滴落，凋零了一树的落花，吟瘦了寂寞的宋词。是谁，沧海一粟中，满腹惆怅惦记成殇，念念不忘，唱完了旖旎的诗经。若，人生初遇的美好依旧，怎会有柔肠寸寸？等待，在寂寞中苍白，染透了忧伤的文字，消瘦了帘帘幽梦。为谁，苦苦等待着陌上花开的绚烂；为谁，痴痴守候着清风明月的缠绵？

五百年的回眸，一千年的等待，亦不过如此。是谁，在诉说着那片琉璃心事？是谁，在风中吟唱那半阕离歌？那纠结在心底的落寞和缠绕在枕边的青丝，将心事绾结成片，握于掌心，轻轻抚平那岁月留下的印记。

一念起，思无边。那些错落的过往与曾经有过的芜杂的心迹，那些听过的歌流过的泪，那些锦绣琉璃、焚香煮茗的日子，一瞬间溢满心间，却又都会归于简单和安宁。然而，繁华毕竟如此浓烈地绽放在尘嚣嬗递的季节里，是否，还有个地方让你留恋呢？

时常在光阴里静默，依山，临水，耳畔听清泉叮咚而落，取一泊幽韵煮茶，邀岁月浅酌，不慕山涧悠然横卧，只为一景一静，我自安心与清风对话。在云朵映月时分，无须挑烛研墨，只愿拾起一季烟火，将过往辞章点亮，抚摸平仄韵律，在时光的道场里，且容我将岁月斑驳的影像，只对着你一字一句地吟诵。

山河壮丽的时光里，我曾经执着过；蓝天碧水的意境里，我曾诗意地活过。一朵幽莲，温婉淡雅，落落清欢，心静了；一弯新月，清丽娴静，淡淡光辉，人醉了。

有的时候，刹那便是永恒，蓦然回首，苍老的是岁月，永不苍老的却是诗词中的明媚与温暖，以及诗词中那永不凋谢的爱情。

翻开本书，跟我们一起品味史上最好的爱情古诗词，走进才子佳人的离情悲欢，体味那一幕幕凄美的旷世绝恋，清新而浪漫、纯真而唯美，诗意与柔情并存，美丽与哀愁相依。

目录
CONTENTS

第三辑
寂寞成殇，孤独斑驳了过往

第四辑
低婉轻吟，是谁唱遍了惆怅

第七辑
春满凝香，柳絮轻舞了飞扬

第八辑
人面桃花，诗词迷醉了相思

第九辑
午夜梦回，眼泪沾湿了衾帐

第十辑
曲终人散，丹青诉尽了衷肠

第一辑
Chapter · 01

落蕊春光，飞花飘落了空凉

千山暮雪，只影向谁去

（一）

有这样一种情愫，有这样一种思念，超越生死，超越一切，步步相随，永不分离。

红尘世间，富贵也，贫贱也，不过都是过眼烟云，只有真情、痴恋能穿越千百年，依旧于我们的眼前，一样地鲜活，一样地动人，一样地芬芳，一样地心痛。

情，究竟是何物？何所谓？何所为？何所起？何所落？

这是一个由古至今都无人能给出确切答案的问题，情动时，心若浮沉随它起伏；情去时，心若磐石不动不移。在整个人平淡的生命中，也许不涉及生死相随，不涉及非割舍不可，于是就这么安静地以一种固定的模式走下去，直到生命的尽头，无须选择，也不会痛楚，因为一切都是习惯。

然而，当生命的过程中出现了这样那样的变故，人们又会作何选择？是义无反顾地跟随恋人，生死相依，还是悲痛过后重新寻找生命的契机？

无论如何选择，无论如何做，都有着自己可以说服自己的理由。

死生契阔，执子之手，与子偕老，是最美的愿望、最美的结局。若天永遂人愿，便不会有那么凄楚、那么疼痛，撕心裂肺，甚至无法呼吸。

是谁甘愿为谁饮下爱的蛊毒？此生只为你，只与你相依相伴。你若在，我就在；你若离去，我便相随。不多问，不多想，不去选择，也无须思量。

究竟是蛊毒抑或是甜蜜，如何定义，尺度自在心中。

（二）

问世间情是何物，直教生死相许？天南地北双飞客，老翅几回寒暑。欢乐趣，离别苦，就中更有痴儿女。君应有语，渺万里层云，千山暮雪，只影向谁去？横汾路，寂寞当年箫鼓，荒烟依旧平楚。招魂楚些何嗟及，山鬼暗啼风雨。天也妒，未信与，莺儿燕子俱黄土。千秋万古，为留待骚人，狂歌痛饮，来访雁丘处。

到底爱情是怎样的，能让人生死相随？

原本是两只相依相伴的大雁，它们一起飞过天南地北，它们走过许多个寒暑冬夏。

那是生命中最快乐的日子，有你相伴，纵使生活艰辛，也是别样地甜蜜。然而，快乐的时光总是易过，眼前却不得不分离，这分离却是永恒，无法再见。分离是如此地痛苦，就像正在热恋中的痴情儿女一样，分离谈何容易！又如何舍得?! 一腔热情揉碎在那哀鸣之中。

你应该有话要和我说，可是我还没有听见你的诉说，你已经离我万水千山。回首望，那连绵万里的洁白的云朵，千山暮雪，天上人间。只剩下一个孤单的身影，我要到哪里去寻找这曾经的快乐？

眼前的地点，曾经是汉武帝出行的地方，这里曾经钟鼓繁华一片。而如今，一片平林漠漠，萧条几何。繁华已逝，斯人不在，生命似乎已经没有留恋的意义了。

天上的大雁不再犹豫，一头撞下，跟随那已故的爱，一起奔赴黄泉。

那一个雁冢，留下万千感叹！为后世、为至情的人们，留下一个宣泄的地点。

（三）

爱情，在灯红酒绿中，在无数的诱惑下，似乎已经成了奢侈品。我们寄情于诗词中，努力地寻找着生命中那些不应该、不能够忘却的感动，似乎这就算是对得起自己的情感了。当我们读着让人心酸、心痛的文字，幻想着自己也能有这样的一段美丽的情感。可是美丽的情感，换来的却是永久的伤痛。

很多人不爱那么多，只爱一点点。因为一点点的爱，不会伤筋动骨，不会痛彻心扉，不会执迷不悟，当然也不会至死不渝。

爱是相互的，渴望要先付出，有舍方能有得。每个时代赋予人们的情感不同的意义。人们相信爱情，相信彼此。而过多的背叛、过多的伤害，让人们不得不封闭自己的内心，永远要想着给自己一个疗伤的地点。

只是若不真心彻底地付出，便永远无法体会那痛，更无法品味那醇若美酒的甘甜、香若桃花的芬芳。那是心灵上无限的契合，那是生命中最完美的相视一笑。纵使眼角含着泪水，一起纵身悬崖，也是值得的，也是绚烂的。

有爱的人，完全付出的人，才会笑得美丽、过得幸福。

谁为谁守候，谁为谁孤独

(一)

人道是最苦莫过相思，最痛莫过相爱不能相伴。那思念潺潺如小溪流淌，连绵不止，疼痛却无法止血的伤口，每日每夜都受着煎熬。

抬头看天上的繁星，低头看路边的花草，似乎每一种风景、每一样东西，甚至每一眼望去，都有恋人的影子。那模糊、那仿佛伸手就可以触碰的距离、那欣喜过后的无尽失落，都让人难以忍受，只能梦中执手相看，无语凝噎。

即使人前可以故作洒脱，但当月色当空、万家灯火，尤其是看到别人手挽着手相扶相持的时候，内心的失落与痛楚，纵使可以骗过所有人，但自己的内心，还是无法平静、无法不痛。

谁在为谁守候，守候着不变的守候？谁在为谁想念，想念着不变的想念？

花开的时候，叶绿的时候，曾经一起走过的日子，如今变成了支持自己走下去的信念，只要想着曾经如何，未来就有希望。

晚风拂过脸庞，长发随风起舞，繁星点点，美丽的夜空，你是否能将这相思，诉说得完全？美丽的夜空，你是否能将这相思，转述得完全？

似乎相拥而泣只是昨天的事情，今日就不得不相隔千里，只能期盼着，谁能把自己的相思之情讲得清楚明白，只是真的能有这样的人吗？

那千古不变的相思，是内心发出的经过血肉发酵的一种情感。那情感，不是浓郁的烈酒，不是激情的文字，不是豪迈的洒脱，不是婉约的眼泪，只是相思，只是相思！

（二）

相见时难别亦难，东风无力百花残。

春蚕到死丝方尽，蜡炬成灰泪始干。

晓镜但愁云鬓改，夜吟应觉月光寒。

蓬山此去无多路，青鸟殷勤为探看。

　　　　　　　　　　　　　　　　《无题》李商隐

相爱的两个人，因为这样那样的原因不得不分隔两地，想要见上一面，却很困难。但见了面又要分开，那分别时候的如胶似漆，那分别时候的痛彻心扉，似乎更加困难。

好一个"难"，难上加难！难在阻碍，难在相爱，难在心痛得无法言语，却仍然愿意让这疼痛继续在心中蔓延。

繁花落尽，满地皆是残花，与心情相照，此时内心更是何其凄凉，正如那一地落红。愿与不愿，皆成事实。

春蚕到生命尽头的时候，吐丝才会真的停止，而此时的相思之苦、相思之情，怕是也要到了停止呼吸的那一刻，才能真的结束。

蜡烛变成了灰烬，燃烧了自己的所有，那泪才会干涸。这似乎是说着自己，直到变成了灰烬，到了终结，这为相思而流下的眼泪才能停止。相思之情、相思之泪，除非生命完结，方能解脱。

镜子中的自己，已经不似往昔那般光彩照人，眼神中尽是想念的泪水，就连发髻也因为思念着恋人、夜不能寐而变得不那么柔顺了。在异地的你，是否也是一样地想念着我，是不是也每每不能入睡，总在夜晚的时候，悄悄吟诵着一些诗句，来解相思之情？无奈的何止是一声叹息，无奈的又何止是一夜不眠？

蓬山仙岛，路在何方，只有请青鸟、请使者代为探望。希望能把自己的情感，借着使者传输给恋人。让他明白自己的心，心里有那么一个柔软的地方，始终住着他，没有人可以替代。

（三）

"直道相思了无益，未妨惆怅是清狂！"这一句直白地道出了感情的道理。就算人人都知道，相思是没有用的，只会空伤神，但还是愿意，愿意为此悲伤。

古人的相思，只能想念不能相见，只能鸿雁传书，只能寄情于明月。而如今，时代已然不同了，思想的解放、科技的进步，似乎让相思之情变得不那么绵延了。

纵然是时光斗转星移，仍旧是有许多的人、许多的事，不能如人愿。有些时候，这种情形下的分别，即使可以见，却难解相思。不是不能相见的相思，不是不能相爱的相思，是不能相依相伴的相思。若言愁苦，何至于此？

生活的压力越来越大，有些时候不得不为了生活而四处奔波，留一人守候等待。即使都有事业要做，夜晚仍会觉得孤单，久而久之，这相思、这等待，有些变了味道。

柴米油盐酱醋茶，生活的琐事堆积，不得不面对的奔波，不得不面对的劳累，相思会变成抱怨。在彼此的抱怨中，相思消失殆尽。大家都会说："你变了！"其实，每一个人都变了。

　　若你将自己所有的情绪放尽，不去想那些生活的杂事，只去回忆，回忆曾经的那份爱、那份情，是否有一种情愫流进了你的心脏？那是一种酸酸的东西，却有着甜甜的味道。若此时回身就能拥抱，请一定紧紧抱住，抱住心中最真的感动、最深的相思。

对酒当歌，强乐还无味

（一）

有一种态度叫作愿意，愿意为你放弃万千宠爱，愿意为你忘记姓名骄傲，愿意为你离开自我凡尘，心中只有一个你，一切只为你，只有你，因为你值得。

很多时候，不知道自己为了什么而执着，也不知道自己究竟是在坚持什么，好像只是为了坚持而坚持。

那想念，那混沌了日月精华的想念。那柔情，那蚀骨一般坚定的柔情。无法忘怀，无法洒脱，就为一个"情"字。多少人痴迷、执着一生一世，甚至来世今生都无法解脱。

可谁能拯救？怕是只有心中的那一抹娇小的身影，可以将其从无底的深渊中救起，喘息片刻。随着身影的离去，再一次沉沦在无边的思念苦海里，无日无夜、无终无了。

试探地询问，可曾后悔遇见，遇见这样一个人，让你如此憔悴，让你如此颓废、后悔？何来后悔！百样人生，百种滋味，一切都是注定的。注定的相遇时分，注定的分别时刻，注定的相思情愁满腹肠，注定的此生无解爱恨痴。

云淡风轻的月夜，似乎是沉睡的最好伴侣，可是就有人无法入眠。仰望着星空，思念着不能相见的那个她。她是否也在望着月，希望月亮能够千里遥寄相思，把彼此的感情照得通透，让彼此孤独的内心能够得到片刻的温暖？

只是月儿，哪有那样的能力？它能做的只是淡淡地陪着想念的人儿度过这漫漫长夜。

日光初起，有些刺眼地闪烁着，又一个新的日子，又一个想念的日子，悄悄开始了。

（二）

伫倚危楼风细细，望极春愁，黯黯生天际。草色烟光残照里，无言谁会凭阑意？拟把疏狂图一醉，对酒当歌，强乐还无味。衣带渐宽终不悔，为伊消得人憔悴。

《凤栖梧》柳永

一个人的风轻云淡，一个人的孤单身影，夕阳落幕，站在楼上，倚着栏杆，远眺。透过那无尽的路，理一理思绪，静一静心神。只是那春愁伴着思念，似乎无时无刻不在吞噬着自己的心意。

那夕阳已然加快了自己离去的脚步，那草色模糊的光芒下，没有言语地望着，谁能理解我那说不尽道不完的思念？

想借着那千杯万盏的烈酒把自己的心麻醉，让思念可以暂时停止，月上高歌让心情怅然，可是最后还是要强颜欢笑。那酒，那歌，那笑，似乎都没有味道，都无法掩盖那浓郁的思念。是苦，是甜，是无奈，是无尽。

没有你的相伴，所有的一切都是索然无味的，所有的一切都不能带给我快乐。原本合身的衣服已经慢慢变得宽松了，可是心里却从未有过一点后悔，没有一丝一毫的埋怨。只因为一句"愿意"，愿意为了心中的伊人独自憔悴。

一怀相思之情，揉尽相思之泪，话不完，诉不尽。远方的爱人，你可知道我此时矛盾的心情，一方面愿你如我思念你一般地思念我，又怕你像我一样憔悴。

那情，愿如日月；那心，清澈如水。只为你一个人，保存着。

（三）

衣带渐宽终不悔，这样的感叹，这样的情愿，每每在安静的午后看到这样的字眼，心里仍旧是控制不住地微酸与感动。虽然眼下找不到那样的人，愿意为自己，或者自己愿意为她，至死不渝。只能把情愫融进诗词中去。

如若自己也回到那般年月，那样的别离，那般的寂寞。那年月，不能视频见到对方的样子，不能电话听到对方的声音，只能鸿雁传书。鸿雁似乎不能马上将心情带到，等到信到了心上人儿的手上的时候，心情似乎又变了，唯一不变的是那相思之情。

那别离，似乎永远都是不能预期的事情，不得不离开，这样那样地飘零着，身边虽然永远有各式各样的人，却唯独没有你。可是只有你，才能让我感觉到离别的伤痛。

那寂寞，不是没人相伴，只是相伴的人不是心中住着的那个你。没有你的日子，每时每刻都是寂寞的，食不知味，夜不能寐，睡梦中依稀看见你熟悉的脸。泪水朦胧了我的一切，唯有那寂寞更加刻骨铭心。

幸福该是什么模样？闭上眼，眼前一片绿水环绕，云儿轻轻地飘着，阳光不需要那么暖，只要安静地照着就好。相爱的两个人肩并肩坐在岸边，只是这么安静地坐着，就是幸福。

然而，梦境再好，睁开眼后依旧是形单影只。落寞撕碎了情感，就像刀割一样地疼痛着……

系我一生心，负你千行泪

(一)

无论是月老或是红娘，都是人们心底对爱情的一种寄托想象。他们手中的红线，轻轻地一系，就可以将两颗相爱的心连在一起。

那是一种完美的契合，心灵上的相通。可是世上哪有那么多完美的事？如果都是完美地相依相伴，那么就不会有那么多无奈，恨不相逢未嫁时，人生若如初见，种种的心苦，种种的斑驳。

有的时候，分别未尝不是一种情感的升华。长时间的相处，在柴米油盐中，难免摩擦、碰撞。如果还没有经过这些世俗之事，就分别了，留在彼此心中的都是对方最完美的样子，娉娉婷婷不食人间烟火，温文儒雅，风度翩翩。

所以离别，更是为了心底那美丽的向往。所以离别，苦，也是完美。

所以离别，并不辜负一腔的相思难耐。

人生一直如此，舍得相伴，有得必然有舍。既然离别可以铸就彼此心中的完美，那么离别也必然要承受一些痛苦，这痛苦的名字就叫作相思。

相思就如一股小火，火上有一个水晶制成的锅，锅里放着两颗心，没有水，只有下面那叫作相思的火苗。那火苗不紧不慢地燃烧着，仿佛能闻到烧焦的味道，只是相思仍旧没有停下来的意思，继续着，直到心消失了，那痛苦也就随着飞走了。

没有心的两个人，如何继续曾经的生活？要么重新找到一颗心，要么此生此世就此沉沦、永不解脱。

（二）

薄衾小枕天气，乍觉别离滋味。展转数寒更，起了还重睡。毕竟不成眠，一夜长如岁。也拟待、却回征辔。又争奈、已成行计。万种思量，多方开解，只恁寂寞厌厌地。系我一生心，负你千行泪。

《忆帝京》柳永

天气转凉了，已然是秋天了，拥着衾一个人躺在床上。忽然，不知怎么就感觉到了一阵阵的凄凉，别离的情愫，涌上心头，无法消除。

翻来覆去地睡不着，一个人默默地算着时间，起身复又躺下，终究还是不能进入梦乡。这一夜怎么会长得像一年的时光，忽地一个念头，是不是可以不走了，回去。

怎么可能，已经踏上了行程，怎么能再返回？继续上路前行，心中又有许多不情愿，一时间，矛盾堆积在心间；一时间，想念拥挤在心头。

万千的思绪，万千的无奈，只能想方设法地自我开解。只是，这开解就像是大海中的一滴水珠，那样微不足道。于是也只能这样百无聊赖地继续下去，只能任凭这酸楚的感觉一直侵蚀自己的内心。

把我的一颗心，交给你，一生一世，不离不弃，但却无法相守，无法相依相伴。到头来，只能是辜负你的千行眼泪。终是无缘的相思，无解的情愁。

那夜月色朦胧，一个想念着恋人的人，独卧不成眠。初秋的季节，百花凋零，满眼皆是繁花落尽的凄凉景色。这样的夜，这样的挂念，这样的一个人，注定漂泊，勾勒出来的只能是一幅凄美的爱情故事画面，凄凉、美丽、无奈、欣喜，爱情总是那样矛盾着。但相思，却永远是那样刻骨，缠绕一生，宛若红线，割不断、理不清。

（三）

也曾经读过很多关于相思的诗词，却没有这样一首，可以把情愫宣泄得那样直接、那么淋漓尽致，从没有一首可以让我每每读起，心底就涌上那么一丝酸楚。

好一个"系我一生心，负你千行泪"。我的心，你的泪。我的一生，你的千行。此时似乎是已经无法区分了，是我的心还是你的心，是你的泪还是我的泪。其实，是我们的心，也是我们的泪。

一生之中有这么一个人，让你不舍得远行，让你不舍得离开。这是一种幸福，弥足珍贵。但生活总是现实的，有很多的不得不，而此时的我们只能对自己的心说声"对不起"，对自己的爱人说声"对不起"。

若这分别有时尽，相逢就在花开处。但若这分别无尽头，相逢便只能在梦中。一地的落花，说不尽的情，诉不完的苦。一地的落花，讲不完的念，道不完的思。一地的落花，一树的惨景。一怀的愁绪，一身的萧条。

情景总是完美地交融在一起，正所谓，醉眼看花花也醉，泪眼望月月朦胧。不知道是落花在映照这相思的苦情，还是这相思的愁苦让那一地的落花更加凄美？到底是谁在成全着谁？

蓦然瞥见那一颗红豆，细小的清脆的红豆，仿佛在说着，千古相思不知何所起，万千愁绪不知何所终。

心似双丝网，中有千千结

（一）

一个暮春的早晨，伫立着一位伤春的诗人，又一个为情所伤的寂寞人。

有时候，许多感情是没有道理的，许多阻力也是无从预计的，就像人们都希望自己的爱情可以一帆风顺，但却总在想不到的时候，遭到这样那样的人，不允许、不喜欢、不看好的阻拦。

东风恶，欢情薄。这充当恶人的东风，总是看不惯别人的良缘美景，横冲出来，阻拦，虽然总是被人嫌弃、被人反抗，却依然坚持着自己的意念。有情的人们，只能自己努力着。更多的时候，那努力是无望的。

于是便有了，天长地久有时尽，此恨绵绵无绝期；于是便有了，人间花丛相伴永远，不能为人就做蝶；于是便有了，红楼梦中难醒的一个个痴情旧梦；于是便有了，无数个矗立在风中等着思念有一个归宿的人们。

没有阻力的爱情，又岂会显得珍贵？也不尽然，只是悲剧往往更容易让人记住。人们更多关注的是如何摆脱那阻力和在摆脱那阻力的过程中付出怎样的思念。

那思念，那相思，那执着，那痛苦，那相顾无言，那清泪千行，那一颗揉得千疮百孔的心，那一副消瘦得不成模样的脸。

曾经的岁月，越是美丽，分别的时候，越是难过，而等待就越是煎熬。而正是这种痛，才让重逢更加弥足珍贵，一个失而复得的循环，让人们更加懂得了珍惜。而在心中种下了美丽的信念：美好就在不远的前方，只要彼此坚定、彼此坚信。

（二）

数声鶗鴂，又报芳菲歇。惜春更把残红折。雨轻风色暴，梅子青时节。永丰柳，无人尽日花飞雪。莫把幺弦拨，怨极弦能说。天不老，情难绝。心似双丝网，中有千千结。夜过也，东窗未白凝残月。

《千秋岁》张先

几声杜鹃轻啼，告诉人们，春天已经过去了，那繁花美景，也将随之消失而去。内心几多凄凉、怨恨，无处宣泄。

诗人珍惜那春天难得的美景，在院子里走来走去地寻找着，找一枝仍旧美丽的花儿，把它折下，试图挽留一下春天的脚步。

梅子成熟的时节到了，却不想刮着大风，下着大雨。就好比我们的感情，本来是甜甜蜜蜜的，却不想忽然被人横加阻拦。心中不满，却又无计可施。

永丰坊间的那一株柳树，没有人欣赏，没有人观看，却依旧兀自地飘散着柳絮，犹如大雪一般自我欣赏着，也等待着。等待着能解的人儿到来，等待下一个春暖花开。

不要拨弄琴弦，那幽怨的曲子、幽怨的琴声，只会让人更加伤怀、更加难过。天之所以不曾苍老，是因为它没有感情。人之所以不能自已，是因为其为情所困。

两个相爱的人儿，用思念在心中织起了互相思念的网。那万千的思绪交织在一起，里面有千千结，又何止千千结？

夜过去了，东方的太阳正要升起，吹灭了蜡烛，又一个夜晚，又一个寂寞，过去了……

（三）

内心的感动，指引着我们去读完这首词；动人的故事，带领着我们去品完这首词。这样的一个故事，这样的一个情感，甚至我们会毫不吝惜自己的泪水。轻叹一声，那仍旧站在风中感叹的人儿，那面对阻力毫无办法的人们。只能把自己的情感宣泄在纸上，诉说在笔尖。

回身看周围的世界，很多的时候，两个人分开不是因为不爱，不是因为不想，只是因为现实。"现实"本就是一个很残忍的词汇，是一个很残忍的字眼。的确如此，爱情不仅仅是面带笑容地牵手，还需要面包，还需要牛奶。

人不是有情感就可以活下去，还需要吃饭，还需要工作。所以，人也不是只为了情感就存活着。那样会有人说，你的生命没有意义。可是生命的意义又是什么？是没有感情机械地工作，为了金钱不懈地努力？

夜幕降临的时候，形单影只，或者只是有个人在身体上取暖，内心依然是寂寞难耐。到底怎样的生活，到底怎样的选择，才是对的？

千千结，千千劫！是结，亦是劫！

第二辑
Chapter · 02

镜花水月，缱绻支离了烟花

蓦然回首，那人却在，灯火阑珊处

（一）

很多的时候，万千寻觅，却不如那不经意的一个回眸。那心驰神往的身影，也许就在这不经意间出现。

每天忙忙碌碌都是带着期待，期待着自己能寻觅到心中所想的人。带着期待的生活，都是幸福的。至少在自己看来前方就有希望，值得自己努力下去，值得自己坚持下去。

一缕清幽的音乐响起，仿佛在诉说着自己的心情，也随着音乐的起伏变动，说不出地难过与心酸。原本以为希望就在触手可及的地方等候着自己。谁知道，无数次的努力寻觅之后，依旧是镜花水月，摸不着看不真，为何那寻觅就没有一个结果？那茫茫的人山人海，为何就没有那一抹自己寻觅的希望？

难道是所谓的缘分没有到吗？这个时候除了把责任推给缘

分之外，似乎没有什么可以做的。仰望天空，白云依旧是那么地惬意，只有自己的一颗心是酸楚的，而这酸楚在别人看来，又是那么微不足道。

不由得凄然一笑，除了那一抹寻觅的身影，似乎没有谁是真正了解自己的。有时候真的不知道，是在找寻那一抹身影，还是在找寻迷失在凡尘俗世中的自己。

这个问题，似乎连自己都无法给出确切的答案。于是又一次在仰望之后低下头，让自己的安静诉说着自己的无奈与失望后的痛苦。

转回身，准备离开，却猛然发现，那身影此时正在身后，同样泪眼蒙眬地看着自己。似乎是意外、是惊喜，还是什么。但此时，这些都不重要了，不是吗？蓦然回首……

（二）

东风夜放花千树，更吹落，星如雨。宝马雕车香满路。凤箫声动，玉壶光转，一夜鱼龙舞。蛾儿雪柳黄金缕，笑语盈盈暗香去。众里寻他千百度，蓦然回首，那人却在，灯火阑珊处。

《青玉案·元夕》辛弃疾

东风吹开了千树的繁花，此时是上元节，烟花漫天，犹如梨花绽放一般美丽。自高空而下，宛若流星雨一样炫目。这样热闹的节日，来往看灯的人，自然是不在少数的，有的人坐着宝马雕车，一路行过，阵阵清香。乐声四起，那月亮的光波转动着，很是耀眼，这一夜，鱼形、龙形的灯美美地舞动着。

年轻貌美的姑娘们都盛装打扮，一起手牵着手，一边笑着一边说着话。此时却有我这样的一个人，孤单的身影，四处在寻觅着，等着意中人儿，正在失望之余，不经意地一回头，却发现她正在那灯火阑珊处站立着，似乎也是等待着我的到来。

"众里寻他千百度，蓦然回首，那人却在，灯火阑珊处。"这就是汪国真说的第三个境界。突然的顿悟，突然的光明，突然的相遇，在不经意间，甚至是不期待的时候，就到来了。

仿佛是一束光亮在黑暗的找寻中忽然地出现，照在脸上，带来无数的心灵上的惊喜，或者说感动更为恰当。但其实回过神，仔细想想，想要到达那样的境界，是要在多少的努力和多少的期待的基础上，有多少人在恰当的人出现的时候没有发现，有多少人在机会到来的时候没有抓住，完全是因为没有坚实的基础、良好的准备，所以错过似乎是必然。

轻叹一声，手里握着自己的那一抹身影，并肩走在夕阳晚霞映照的路上，无须语言，已然幸福。

（三）

很多人读词的时候，不是完全地去计较词人那隐晦的深意，而是更加地在意这首词带给我们直接的感动和心灵上的触动。

就好比这首《青玉案·元夕》，我们读来就是寻找意中人的一个过程，很多人说是词人的自喻。但我更愿意相信，其实就是一个简单的故事，两个相爱的人，互相思念着，互相在喧闹的人海中找寻对方的影子。

许多人都清楚地知道，自己来这繁华的街上的目的，就是寻找所谓的爱人。烟花再美丽，星光再灿烂，音乐声再动听，都无法吸引自己的注意力。

我就是想着我的爱人，却不想这拥挤的人群，我无处寻找，但却没有放弃。一直寻觅着、寻觅着，终于，我蓦然回首，看见了她。她落寞的身影，也在那灯火阑珊的地方，等着我，寻着我。

之后会是相拥而泣，或是相视一笑。浅浅的、淡淡的，就将心底的思念与期待，融进彼此的眼中、彼此的心中，无声无息。

简单地感动着，简单地欣喜着，这就是幸福。在历经沧海桑田之后，在历经辗转反侧之后，在历经相思煎熬之后，终于可以相拥、可以相视。那拥抱，那对望，那心灵撞击的声音，是如此美妙。

这就是爱情，是不期而遇又命中注定的幸福。

所谓伊人，在水一方

（一）

可望而不可即是一种距离，是人世间最悲哀的一种距离。不是不能看见，只是不能触碰、不能得到，眼见却不能拥入怀抱。这种煎熬，这种痛苦，倒不如不见，至少心底还可以多一些平静。

诗意的人心中，始终停留一种凄茫梦境。你永远在我的彼岸，无论花开花落，无论日升月起，是一个永远。我只能在你不远的地方，静静地看着你，看着你采一片朝露，看着你摘一片晚霞。而你似乎永远不会知道我的存在，不会知道我的关注。而我似乎已经习惯了这样默默地关注，只要能看见就已经满足了。我愿意看着你快乐幸福，无论这个给你快乐幸福的人是不是我。

月光柔和地落在地上，无论地上是否尘土堆积，无论地上是否残花败叶凌乱，它依旧是皎洁的、高贵的，俯视着一切。正如我心里的那个你，我远方的佳人。

你就如那月光永远晶莹剔透，你值得所有人去用心呵护、保护、守候。而无论何时，那守候的人，永远会有一个我，无论你知道与否。

也承想披荆斩棘地去争取一个属于我们的爱情。但是那迷茫的前路、无尽的阻碍，让我不得不止住脚步，只能远远地停留在你的身边，用一颗温润的心，祝福着美丽的你。如若生命不停息，那么这相思也永无止境。

初秋的时节，雾气环绕。我站在水边，无望地看着那随风波动的水面，一时间内心激荡，就如这水面一样缓缓的，却异常激烈。

眼光到的地方，正有一个美丽的身影，就是你，我的心上人。而此时，我们的距离看起来很近，却隔着那河，那河水轻轻拍打着河岸，迷离间又不见了你的踪影。

（二）

蒹葭苍苍，白露为霜。所谓伊人，在水一方。溯洄从之，道阻且长。溯游从之，宛在水中央。

这是《诗经》国度里一个深秋的早晨，秋水荡漾，芦苇随风摆动，露水盈盈地泛着光亮，就像是凝成了霜一样。多情人焦急地念着，我那心上的人儿，就在那水边，可是我却过不去，不能与她见面。我逆流而上，道路充满了阻碍，不得不又顺流而下，可她就像是在水的中央，我还是无法走到她的身边。

个中滋味怎"无奈"两个字说得清、道得尽！无论怎么努力，永远都隔着那么一条河，无法逾越、无法绕过。河水依旧清澈，芦苇依旧茂盛，佳人依旧美丽，我依旧在那不远处。

无法得到，却又不舍得放弃，百般地努力，还是徒劳。若真有忘忧草，若真有忘情水，我可舍得用我这珍贵的情意去换取，我可舍得在抛弃那烦恼和痛楚的时候，将我的心也一并扔出去，不再留恋？

闭上眼睛，略作思考，纵使痛彻心扉，也还是不忍放手，纵使明知道没有希望，也还是不忍放弃。这就是执着吗？带着苦涩的微笑，依旧站在河的对岸，只要看得见对岸的那个你，犹如一朵出水芙蓉般美丽的你，这样，就足够了。

而你，无须知道我的痛苦，无须知道我的努力。只要你一如从前般快乐就好，我就知足了，痛楚让我一个人承受就好。

（三）

微风轻拂，那么轻轻柔柔吹进心底，心就跟着痛了起来。那阵阵的痛楚似乎在述说着自己的遭遇，一点一滴，全都在脑海里反复重现。

那就像是一个梦，你的，我的，最真的一个梦，无言的梦。就在不远处，而我永远也无法到达那个不远处。

你可曾见到我的身影，可曾想要到我的身边来，可曾和我一样地努力，追逐彼此的脚步？我轻叹一声，从那个凄茫梦境中走了出来。抖一抖心上的悲伤，理一理近乎迷乱的思绪。

现实，我们生活的现实，有多少这样那样的无可奈何？有多少人成了你可望不可即的幸福，有多少情是你付出却不敢奢望回报？

你是否也曾这样默默地爱上一个人，却因为你们之间的差距而不得不放弃？你知道你无论如何努力都无法走到她的身边，不是尺寸的距离，而是心上的距离、压力的距离。

这距离时刻在提醒着你，无论你怎么努力，她的美丽永远不能让你采摘，永远不能专属于你。这就是现实，这就是无奈，而偏偏"无奈"这两字最让人痛楚。

可无奈的却不止于此，更加无奈的是，你居然无法将自己的一颗心要回来，让它回到自己的身体里。一颗心依旧是在她的身上，似乎那颗心是她的，从来也不曾属于过你。

闭上眼睛，站在夜幕的阳台上，让晚风轻轻地吹过，划过脸庞，皎洁的月光依旧照耀着，慢慢地将心底敞开。就让那晚风，柔柔地刻骨地把心底的那个梦吹散……

山有木兮木有枝，心悦君兮君不知

（一）

暗恋，是怎样的一种情愫呢？见到自己的心上人，就像怀里揣着一只可爱的小兔子；扑通扑通的心跳声，似乎全世界的人都可以听见，只是心上的那个人却浑然不觉。

暗恋，是怎样的一种心态呢？朝思暮想，却又不敢面对，一种矛盾的合成体，不似江水那么奔流豪爽，倒似溪水温婉连绵。

暗恋，不敢诉说却瞒不过自己的一颗心，不敢表白却不仅仅是怕被拒绝，更怕表白之后给对方带来无尽的困扰。只是如果一直不表白，那心上的人怎么会知道、怎么会有回应？

就这么矛盾着、纠结着，看着时光一点点溜走，暗恋痴情的人依旧在原地等待着。又忍不住去寻找着一种叫作四叶草的植物，传说中的四叶草可以带来爱情，可以带来幸福，只是为什么，找到的都只有三片叶子？

失落悄悄爬上心头，一面埋怨着自己的胆小，一面感叹着自己的运气。

总是看见心上的那个他，就在不远的前方，心跳又一次加速了，却只是站在原地。所以这么久的时间了，还是暗恋着，品尝着一个人的爱情，这其中的苦辣酸甜，那些许的心痛，那些许的欣喜，那些许的无奈，那些许的期待，甚至是些许的忌妒。

暗恋的人爱得怯懦与卑微，却更容易满足。只要心上的那个人时不时的一个笑脸，时不时的一个眼神，虽然不确定那是给谁的，但却仍旧会觉得满足，会怦然心动。那是挥霍爱的人不懂的幸福，那是上天给予暗恋者最美的心动。而那思念的痛，却是上天给予暗恋者怯懦的惩罚。因为，爱本无罪，静默地沉淀之后，更需要表达。

黑夜裹挟着思念慢慢地吞噬着所有的思绪，凉月悠然地照耀着所有情愫。伴着晚风，浓浓的相思慢慢在心底弥漫，越加浓烈，无法自已。却始终没有表白的勇气，害怕失败，所以只能独自咀嚼这颗酸涩的暗恋之果。倒不如古人来得直接，爱得坦荡。

（二）

今夕何夕兮，搴舟中流。今日何日兮，得与王子同舟。蒙
羞被好兮，不訾诟耻。心几烦而不绝兮，得知王子。山有木兮
木有枝，心悦君兮君不知。

《越人歌》佚名

这是一份远古的情愫，距今千年，却犹散芳馨。

那多情的女子不禁探问：今天是什么日子，我在长江之上
驾着小舟漂流。也不知道是什么样的日子，我竟然可以和王子
同乘一艘船。感谢王子看得起我，不会因为身份的关系而耻笑
我。我的心里很是紧张，紧张得几乎不能呼吸，因为我看到了
王子，我心仪的王子。

山上有许多树木，树上面有许多枝丫，这是人人都知道的。
可是我的心里喜欢着你，王子你却不知道。

美丽的诗词，写着一个女子的爱恋，对着近在咫尺的王子，
她诉说着、唱着，美丽的歌声在水面上回荡着。她完全不顾忌
自己的身份、王子的身份，只是真诚地表达着，而传说中王子
听懂了这动人的感人的情歌，于是伸手牵起了女子的手，带着

女子一起回到他的宫殿，走进他的心。

其实爱情本也简单，没有过多的束缚，没有过多的顾虑。只要爱，就可以诉说；只要爱，就可以勇敢。至少无论结果如何，自己都没损失，也对得起自己那一颗爱着他的心。

勇敢的女子，你的幸福是必然的，因为你懂得争取，你更会懂得珍惜。这就是幸福的真谛，争取之后珍惜。

（三）

一腔相思，一句表白，就像一花一叶，相互陪衬，相互映印。若是完美的契合，那就是最美的风景、最美的情感。但若是无法交结的界限，那将是永远的伤痛。

"心悦君兮君不知。"当喜欢一个人的时候，他却不知道，而这一个人，躲在月光里，偷偷地凝视着自己的爱情。几许忐忑，几许无奈，想要诉说却又总是担心。

到底是什么把我们的勇气给没收了？其实仔细想想，这样的表白、这样的追求，至少可以对自己的感情有一个交代。

一个交代，难道你真的爱了一场就不想要个结果？难道你不想牵着他的手慢慢地走在时间的边缘，在彼此眼中慢慢变老？难道你不想偎依在他的胸膛，静静地听着他的心跳，在彼此的心里静静地对视？这样的甜蜜、幸福，难道你真的不想要吗？

春暖花开，一个充满着生命的时节，这是一个充满期待的时刻。放下心里那许多顾虑，勇敢地告诉你心里的那个他，你愿意陪着他走向明天的明天，走到彼岸的彼岸。

当阳光洒下来，照亮你的心房，如若他的心里恰巧有一个你。那接下来的日子会是多么地幸福，无须言语。

又如果他的心里没有一个你，也无须烦恼。只用轻轻的一声祝福，然后就洒脱地离开，心底的那份惦念，那份忐忑和相思，也会有一个交代。而为了这个交代，我们应该勇敢。

永恒的谜题固然有一种遗憾之美，但是一个明确的回答对于真实的人生也更有意义。

凰兮凰兮从我栖

.

（一）

很多时候命运的捉弄让人很是无奈，明明是那么好的一个人，却偏偏躲不过命运的羁绊、生活的坎坷，感情上的空缺没有着落，就连旁观者都不得不为之惋惜。不是因为不够好，而是因为错误的安排。

于是"私奔"这个词，我们来定义它的时候，有些纠结。有些人私奔，不是因为欲望而是因为感情。当感情得不到一个对的归宿，对的那个人只在马路的对面，他伸着手，等待着，等待着你的到来，想要牵着手往远方飞去，得到自由也得到爱情。

这是一个很大的诱惑，让人很难不心动。在那样的时代，有着那样勇气的人们，冲破束缚追求真爱，他们全力向前，突破了那阻碍走得潇洒，却活得精彩。

这是纯洁的感情，是心与心的结合，完美得让人羡慕。这样可遇不可求的爱情，纵使被误解也在所不惜。

人生如棋，进退如何？取舍如何？每个人的心里都有自己的尺度，只是人生不能重来，只有举手无悔，只能为自己的选择承担后果。

是喜是悲无法预料，却还是勇敢地走出了那一步。这样的勇气是可嘉的，这样的感情也是纯粹的。这是情感的一种升华，是爱，是为了爱而甘愿付出所有，是为了爱而坦坦荡荡地接受，是勇气。

正如凤求凰，正如司马相如和卓文君。

（二）

凤兮凤兮归故乡，遨游四海求其凰。时未遇兮无所将，何悟今兮升斯堂！有艳淑女在闺房，室迩人遐毒我肠。何缘交颈为鸳鸯，胡颉颃兮共翱翔！凰兮凰兮从我栖，得托孳尾永为妃。交情通意心和谐，中夜相从知者谁？双翼俱起翻高飞，无感我思使余悲。

《凤求凰》司马相如

凤鸟啊凤鸟，回到了自己的故乡，遨游四海，只是为了寻找心中的那只凰鸟。没有遇到凰鸟的时候，不知道要去哪里，怎能理解我今日登门之后的感受？

有位美丽贤淑典雅的女子在她的房间里，虽然距离很近，但我们却似乎离得很远。相思之情正在煎熬着我的心。如何能寻得良缘，和你做一对恩爱的交颈的鸳鸯？希望我这凤鸟可以与你这凰鸟一起在天空中翱翔。

凰鸟啊凰鸟，我想让你与我日夜相伴，起居不离，形影相随，一起养育孩子，让你永远做我的配偶。情投意合，两心相融。这夜半时分，我们互相追随，又有谁会知道呢？让我们展开翅膀远走高飞，你那思念，只会让我感到无限悲伤。

这一生一世都只愿有你一个人的陪伴，在我的眼中你是那么美丽、那么高贵。我心中的情感滚烫得不受控制，只有对你，只是在等着你的回应。只要你愿意，我们可以天涯海角相依相伴，朝阳晚霞携手欣赏；只要你愿意，我们可以来世今生相扶相持，春风秋霜相拥赞叹。

时光的脚步是任何人都无法拖拽的，能挽住的只有彼此的双手，只有彼此的热情，只有彼此的思念，彼此的全部。

这一首勇敢的诗词，司马相如那么炙热的感情、那么直白的表述，卓文君怎能不动容、怎能不动情？

（三）

　　每个女人对爱的期望都是一样的，无论是哪个年代，女人都是如水一般地对待着爱情。时而温婉平静，时而又激情澎湃，时而如娇柔依人，时而又勇敢坚强，这就是女人之于爱情。

　　男人对待感情往往更加理智，他们理智地审视着一切，但真正的爱情会冲破理智的束缚，把自己的一颗心交出，就什么都愿意，只要能和爱的人在一起。

　　这样的爱情是美丽的。有付出，有回应，琴瑟和鸣，一起携手逃离束缚。在那样的年代，纵使是道德伦理所不允许的，但是人们还是称赞着司马相如和卓文君，因为他们给渴望爱情的人们做了一个好的榜样。他们的故事告诉人们，只要勇敢地面对，一切苦难都会过去。

一次追逐，一生守候

（一）

爱有熔点吗？怎样它会熔化？那热情几许，那热情几多，能让两颗心都熔化在一片思念中，那思念该有多么地炙热……就像江河行船，遇到波浪的时候，船身起伏晃动得厉害，若是遇到狂风暴雨，波动得更加猛烈。这猛烈的波动，就如同思念，可以将人心淹没。

那样的夜晚静悄悄的，花瓣落地的声音仿佛都听得到，思念的气息汇成气流仿佛伸手就能握住。那思念是滚烫的，让双手不敢触摸，怕那炙热灼伤了自己。那思念发狂了，让人不敢去控制，甚至是根本就无法控制，只能由着它天马行空，把自己的内心掏空。

其实，这边忍受痛苦的折磨，都不过是因为一见而心定、一见而情定。心锁，情锁，不再移动，不再改变，就如磐石般坚固。爱来得匆忙而猛烈，却让那痴心人甘心为之沦陷。

为了痴狂的一面之缘，对酒当歌，酒中歌中，盛满了万千思念，千醉不能解一愁！那就是思念，就是相思。

月光洒落的一地影子，斑斑驳驳，却在脑海之中忽然就有这样的景象。在那繁花盛开的季节，太阳慵懒地挂在天上。两个人相拥着坐在这花海中间，四周都是花儿，空气中满满的都是香气，十指相扣……微风轻送，吹醒了正在憧憬着的人儿，却让人不由得嘴角一丝笑意渐浓。这样的思念是刻骨铭心的，是美好无瑕的。此时的你，心中又在惦记着谁的模样？

（二）

有一美人兮，见之不忘。一日不见兮，思之如狂。凤飞翱翔兮，四海求凰。无奈佳人兮，不在东墙。将琴代语兮，聊写衷肠。何日见许兮，慰我彷徨。愿言配德兮，携手相将。不得於飞兮，使我沦亡。

《凤求凰》佚名

曾有一段琴音，诉说过这样一段美丽的心事。是一见倾心，是相思如狂，是永生不忘。

有一位美丽的女子，我见了她的样子，一生难以忘怀。一天见不到她，我的思念就像发狂一般煎熬着我的心。我就是那高空中来回飞翔着的凤鸟，飞遍天下就是为了寻找凰鸟的身影。

可惜那美人不在东墙附近。我用琴声代替自己的语言诉说，将我的情感说得明明白白。希望我能牵起你的手，能与你一起相依相扶。你什么时候能回应我的祈求，安慰一下我彷徨的心灵？

希望我的德行能与你相配，我们能手牵着手。如果不能与你比翼双飞的话，这样的悲伤的结果，会让我陷入无限的情愁中，最后抑郁而终。

这就是一见钟情吗？一见之后再不能忘，一见之后就希望可以终身相伴、不离不弃，这就是一见钟情。

每一朵花都有一片叶专属于它，一花一叶一世界。每个人都有专属于自己的情感，这情感是通透的、唯一的，就像花和叶朝夕相伴一样。两个人也要相伴一生，无论风雨如何。那感觉浓郁、甘甜、苦涩、清浅，总是带着矛盾，那感觉总是无法言语。

春天总是走了又回来，带着它的希望来来往往。两个人的世界是注定的世界，无论来往几多次，终是有一个你做我的春天，终是有一个我做你的春天。彼此的眼中都是唯一，彼此的心中都是彼此。

(三)

这首《凤求凰》，写的是认定和追求，认定了生命中的另一半，认定之后努力执着地追求，把自己最好的一面展现，用尽深情，去求得所爱。

若是女子，谁能经受得住这样的认定？这样的认定是一生一世愿意陪你天涯海角，是一生一世愿意牵着你的手不离不弃。

若是女子，谁能经受得住这样的追求？这样的追求炙热得如火山的岩浆，滚烫得如翻开着白色浪花的水。这样的追求可以将一切都融化掉，融进自己的骨血之中，永远无法剔除。

只有勇敢和深情的人才能把这一眼的钟情当作一生的信仰。我爱你，是勇敢的、温暖的力量。不管别人如何看待我们的爱情，我愿守在你的身边，这是发自内心、来自灵魂的呼喊。我爱你，就在你的身旁，一世地守候、呵护着你。

月色如水寂静，被思念困扰的人注定是无眠的，沐浴着银辉，遥望着星光，脑海里浮现的却全都是那个人。我想念着你，近乎迷茫地想念着。想要牵着你的手一直走下去，是我心底最坚定的想法，也是我心底最期盼的结局。

紫色的闪烁着光芒的薰衣草，微风吹过，空气中都是淡淡的清香。它一直守候着自己的爱情。我愿做你的薰衣草，一生守候你的爱情。

如果你能给我回应，那会是天地间最美丽的风景，光芒胜过那灿烂的太阳，美丽胜过那个短暂的烟花。这就是欣喜，得到爱情的欣喜。

每个人都期待着爱情，当你遇到一个认定你的人的时候，请一定张开怀抱迎接他的拥抱，那一切对他而言就胜过天堂的幸福。

当你遇到一个值得爱的人的时候，请一定执着地追逐，勇敢地说爱，你的爱情在不久的未来，定会开出美丽炫目的花朵。

第三辑

Chapter · 03

寂寞成殇，孤独斑驳了过往

与君初相识，犹如故人归

（一）

很多时候，突然出现的一个人，会让你觉得莫名地熟悉。那熟悉，是说不出的感动，说不出的冲动，说不出的悸动。

只在四目交错的一瞬间，就明白彼此的想法；只在四目交错的一瞬间，就能在心灵上碰撞出无数的火花。这就是似是故人来的感觉，那种似曾相识的感动，久久萦绕心间不能散去。

人总是会厌倦漂泊，有谁愿意居无定所，有谁愿意漫无目的地漂泊辗转？每个人的心底都期望着，有那么一个人忽然出现把自己的心占据，同时也将一颗心送给自己，那么完美的相遇，那么执着的相爱，那么快乐的生活。

天上的白云自在飘拂，没有束缚，只是一味地飘着。可它虽然自由自在，却也不被谁牵挂着，当然心中也没有牵挂，但是人不一样，人需要情感，需要互相的牵挂。所以，当你艳羡云的自由时，你要看到自己幸福的情感皈依。

一见钟情，顾名思义，只需要一次就会钟情。那是一生的承诺，一世的追随。不需要语言的表述，不要物质的丰富，只要相视一笑，彼此的眸子里，从此就只有对方的样子。

了解其实有的时候不是时时相伴，有的人可能在你的身边生活了很久，但你们依旧保持着礼貌的距离；而有的人只要一眼，就能知道你心底的东西，此时却全然没有一种被看透了的恐惧，反而是满足，被人了解的满足。

若是真有这样的人，请一定丢开所有的负担，轻轻地挽起她的手，慢慢地告诉她，你的一颗心，都在为她等候，无论时间怎样流逝，这种感觉永远不会改变。而这一次相遇，不过是我们前世的重逢。这样的爱与深情，是理所当然，是命中注定。

(二)

有这样一首小小的、没有名字的诗。

与君初相识，

犹如故人归。

天涯明月新，

朝暮最相思。

我所能了解的资料是，这样的一首诗是很早以前云南的一种茶花烟的盒子上的诗句。那是一种女士香烟，香烟的盒子上，有一朵火红的茶花美得朦胧。虽然不曾见，但是想能配得上这样句子的包装，一定是不俗的。

　　"与君初相识，犹如故人归。"明明是第一次相识见面，却觉得是故人远行回来了。也许许多人痴迷这种茶花烟，不完全是为了那烟，更为了心底的那一种感动。香烟萦绕在指尖，那余温仍在，岁月悠悠那感觉不变。不是惊艳却撩人心底，不是探究却知之甚深。

　　一直以为那美丽的意境一定是出自某位大家的手笔，也没想过会是今人的作品。不禁感叹，人世间最美的是爱情，爱情萦绕出的许多感动，与时间没有关系，与年代没有关系，只在人心。

　　"天涯明月新，朝暮最相思。"相思之情早晚可见，那么浅显的句子，那么生动的情感。一见之后便再难忘记，近乎是一种依赖，却说不出缘由，只是这一眼之后的依赖，也是完全的相信，相信那感觉。纵使自己也不知道那是什么滋味，还是愿意盲目地去相信。

　　春的风轻轻柔柔地吹过，伴着那烟圈氤氲出一片落寞，新雨之后青翠的叶子萌发着，似乎是在诉说着生命的开始。就这么转过身，遇见那身影，碰上那眼神。才明白，原来感动可以如此简单。

（三）

四季转换，时光荏苒，转眼黑发变白头，那些年无望的等候，那些年平淡的错过。或许错过不是真的错了，而是过了，那擦肩而过，那相逢不识。这都是上天刻意的安排，或者说是命运的戏弄更为恰当。

如今，就有那么一个人，带着微笑无言地向你走来，手边有你喜欢的油纸伞，发间是你最爱的茉莉香。那淡淡的清香宜人，浓浓的情愫入怀。

窗外的小雨滴滴答答不停地落着，落在地上，也落在心间。干涸的田地，欣喜地接受着这滋润；干涸的心，也在接受着上天的恩赐。

有的人一生都是寂寞的，因为不曾有一个人能读懂他。即使是相伴一生的那个人，依旧是不懂为何偶尔会有那轻轻的叹息，为何又莫名发笑。这是人生的悲哀，不被了解的悲哀，无处倾诉的悲哀。纵使坐拥天下，也是寂寞的寡人。

所以有人迷恋那一抹茶花的香烟，借此慰藉自己内心的失落。那一抹绚烂的茶花，火红色的带着诱惑，这诱惑的另一个名字叫作了解，又叫作熟悉。

天已然放晴，天边的彩虹，在诉说着美好，七种颜色相互辉映、相互陪衬、相互了解，这就是幸福。看似简单，却是那么可遇不可求。

所以若是遇到，请一定深深挽留。如果不能挽留，那就跟上那脚步，这将会是一生最幸福的时刻，这将会是一生的幸福的开始。

彩虹在光芒反射下娇艳绽放，接着又弥散消失在天空中，这就像那转瞬即逝的缘分。莫要错过，紧紧握住。

两情若是久长时，又岂在朝朝暮暮

（一）

如果深爱着，短暂的相逢也是无比甘甜和幸福的。就如那昙花，一年只开一次，却美得刻骨铭心、惊世骇俗，让人不忍移开双眸。

有的时候，就这一瞬间已经胜过无数了，只要彼此的心中是唯一，只要彼此的心中是坚定，就足够了。这样的爱情更加地纯粹，不掺和任何的杂质，柏拉图式的精神爱情，没有肉体和物质上的纠缠，只是单纯地爱着。即使隔着千山万水，也有着共鸣，可以相互辉映。

爱情，也许本身就是一瞬间的事情，在相逢的刹那，很多的事情似乎都是注定的。可是就算注定不能时刻手挽着手互相凝视，只要有那么一点点的时间，一点点就够了。绝不奢求，绝不抱怨，因为内心异常坚定。不需要誓言，却在心底宣誓爱到永远的永远，愿意生死相伴。

　　那日出浓郁的黄色渲染着天边的那一抹白云，两人共同地望着那云，都在想这美景她/他是否看得见，她/他是否想着我。那月升，淡淡的光亮照耀着那一颗孤星，两人都看着那星，都在想，这坚定，她/他是否看得见，她/他是否想着我。且无须回答，心底各自清明。也许日出月升在我们看来很是高远，但是人的心更高远、更宽阔，同样也更加坚定、更加执着。

　　即使空着的手没有人握着，但是一颗心，总有人紧紧地握着，暖暖的。即使只有短暂的相逢，也是快乐的。就如牛郎与织女，鹊桥仙。

　　（二）

　　纤云弄巧，飞星传恨，银汉迢迢暗度。金风玉露一相逢，便胜却人间无数。 柔情似水，佳期如梦，忍顾鹊桥归路。两情若是久长时，又岂在朝朝暮暮。

《鹊桥仙》秦观

　　天空中纤薄的云彩，不停地变幻着，牛郎星和织女星在不断地传递着怨恨哀愁，那浩瀚的银河茫茫。就在这样的秋风秋露渐起的时候，一次相逢就胜过人世间无数不知道珍惜的男男女女的朝夕相伴。

这样美好的情意，就像天河里千年流淌的水一样，绵延不断。这短暂的相逢，就像梦一般美丽虚幻，转眼就要结束。那回去的路，都不敢回头看一眼，内心的煎熬无法言语。纵使依依不舍，还是要踏上回去的路。倘若彼此的心中都认定了对方，坚定了感情，又何必在乎那一朝一夕的相处欢愉？

秦观把短暂的相遇提高到了另一个境界，只要心心相印，只要彼此的心中是唯一，何必日夜相伴相守？纵使离愁别绪难以控制，但至少心里有一份坦然、有一份淡定。

所有美好就定格在这一刻，相逢的那一刻，所有的感觉都在那一刻停滞了。所有的语言都没有办法形容相逢的心情，那是经过了多久的期盼，经过了多少次的反复练习，练习着见面一瞬间的言语，甚至呼吸的频率都经过反复的演练。只为了那短暂的相逢，能多一些相处。

时间总是残忍的，总是不等我们诉说完全，就匆匆溜走，走得那么快。

你指尖的温度还在我的手里，我却不得不转身离开。让我看着你走，看着你的背影，让我再一次清楚地告诉自己，无论多苦，为了你总是值得的。

（三）

我的手在你的发间划过，碰得到却无法再次紧紧地握住，重逢的片刻之后，又要面对分别。那心里的凄苦，岂是歌儿唱得尽，岂是言语说得完？

只是，爱已然紧紧地绑在彼此的心中，即使不能相见，即使不能相伴，依旧无法阻止这爱生根发芽，无法阻止这爱蔓延持续。

这样短暂的相逢，说没有遗憾那是不可能的，但是遗憾总是越想越多。于是将思绪转移到了别处，此时的别离，是为了下一次的重逢。每一次的重逢就是期待，每一次的重逢都让彼此更加坚定。

纵使黑夜无声地到来，周围是一片的漆黑；纵使寒风来得猛烈，周围是一片的刺骨。仍然能看见光芒，仍然可以感受到温暖，那光明是你的眼眸，那温暖是你的泪水，久久地凝固在我的心间，任谁都无法将其带走，甚至是挪动半分。

这就是我们的爱，这就是我们的情。何来后悔之说，何来遗憾之词？心底上坚定地认定你我，心底上执着地认定你我。

春风吹过万物复苏，那情感也同样疯狂地生长着。夏日的骄阳照耀着，生机盎然，那情感也同样积极地生长着。秋风无情地扫过，满目萧索，那情感却依旧坚定地傲立着。冬天寒冷的大雪覆盖大地，一片沉寂，那情感却依旧带着温暖的微笑，诉说着，你始终在。爱从未变。

愿得一心人，白首不相离

（一）

初心初念，最初的永远是单纯的、最美丽的。没有经过风霜的锤炼，没有经过生活的现实，那是纯净的，没有任何杂质的愿望。

我的心里只有你，你的心里只有我。只有你的一颗心，全是我的影子，我的一颗心，甘愿为你守候。这样的情感，干干净净的情感，不是出于对富足生活的盼望，不是出于对名利的渴望，只是对这个人，这个爱着的人。

这就是沧海桑田，希望你的心里永远有我，永远说来简单，但真的能到永远又需要多少的勇气和多少的坚定，于是不敢奢望。

面对背叛的时候，我们或是故作潇洒地放开手，愿意成全，然后转身带着自己的眼泪和伤痕离开，把自己关在一个角落里默默疗伤。

或是歇斯底里地质问："曾经的誓言怎么忘记了，为什么不能像曾经一样？"也不管对方此时的心里是否依然还有着一个你，就开始大肆地咒骂。

既然背叛了，那么感情就不再纯洁了，不是吗？不纯洁的感情谁要！

平静下来换个角度想一想，彼此曾经真的相爱过，当两个人分开的时候，是否要原谅？这就成了一个问题。而这个问题的关键，一方面在你的心里，你是否能在他及时回头的时候，敞开胸怀，旧事不提；另一方面就在他，他的心里是否依旧爱着你。

想起卓文君，念起《白头吟》，算是一个借鉴。

（二）

皑如山上雪，皎若云间月。闻君有两意，故来相决绝。今日斗酒会，明旦沟水头。躞蹀御沟上，沟水东西流。凄凄复凄凄，嫁娶不须啼。愿得一心人，白首不相离。竹竿何袅袅，鱼尾何簁簁！男儿重意气，何用钱刀为！

《白头吟》卓文君

爱情，应该像那山上的白雪一般纯洁，应该像那皎洁的明月一样清澈。我听说你有了别的想法，心中有了别的人，所以我特地来与你告别。今天我们一起喝酒话别，明天我们就在御沟的边上分别吧，从此之后就像那御沟的水东西流淌，再无交汇。当我毅然地跟着你走的时候，没有像一般人家的女儿一般哭哭啼啼的。我知道自己能嫁给一个好的夫婿，一生到白头，不离不弃。

这是卓文君哀伤又洒脱的告别。但是，她言别离，却是想要挽留。

爱情，应该像鱼竿那样细长，像鱼儿那样活泼。一个男人，应该以情为重，而不是用金钱来衡量代替！

愿得一心人，白首不相离。多么美丽的愿望！当日的卓文君，毅然决然地跟着一贫如洗的司马相如，离开富足的家，过着食不果腹的日子，抛头露面经营酒肆以作家用。

要不是卓王孙的资助，司马相如又岂能平步青云！平步青云之后，居然想要休妻，让我们不得不为卓文君感到不值得。

但她却没有在这个时候舍弃自己深爱的男人，也没有诅咒，没有撒泼，只是淡淡的几十个字，深深的情意全然写在纸上，让司马相如自愧不已，最终放弃了那些不应该有的想法。

人都是会犯错的，在面对爱人错误的时候，怎样选择、怎样权衡才是最好的，显然卓文君给了我们一个好的榜样。不需要"宁为玉碎，不为瓦全"，适时的谅解，也许才是最好的选择。

（三）

重读《白头吟》的时候，心里多了许多的感慨。想当年，司马相如作《凤求凰》，多么地情深意浓、多么地炙热真诚。而如今，卓文君却为他作了《白头吟》。

《白头吟》与《凤求凰》是多么讽刺的今昔对比，就如藤条一般，鞭答着司马相如。我们不说他是薄情的人，毕竟他迷途知返了。但却不得不说他也不是专情的人。

爱情难道真的只是存在那么一瞬间吗？天长地久的磨合，分隔两地的距离，都会把爱情磨散吗？得到了就不再珍惜了吗？

爱情若是一杯苦酒，谁敢奢求天长地久。经历过这么多苦难艰辛才能在一起的两人，尚且要面对这样的考验，那么平平淡淡在一起的人们，是否对自己的另一半有信心，相信他会一直爱着你？

所以常听人说，把自己的心关起来，找一个爱自己的人，简简单单地过一辈子，这样至少自己不会受到伤害。可不受伤真的就足够了吗？人生在世不过短短几十个寒暑，如若没有过那一份心动，没有过那一次的冲动，生命何止是平淡，简直就是没有颜色！没有颜色的生活，真的可以忍受吗？

其实，就算爱情真的是一杯苦酒，就算爱情真的只有那么一瞬间，只要曾经拥有，何来遗憾？我想卓文君亦是如此，就算司马相如没有回头，她也不会后悔自己当初的决定。至少得到过、真爱过，纵使满身伤痕亦是值得的。至少在回忆的时候，曾经有过一个身影住在心里，曾经有过一段刻骨铭心，就足够了。

执子之手，与子偕老

（一）

最初的一眼，相识，慢慢地相知，深深地相爱，这是美丽的爱情的开始。无论未来要经历些什么，都无法动摇相爱的两颗心，彼此坚守着。

那一眼，瞬间春暖花开，温暖和煦的清风吹过，她的长发在身后飞舞着，他就站在不远的地方定定地看着，只一刹那，两颗心撞击出的火花就是爱情。

最终，时光慢慢地走过了几乎一生的时间，在即将要闭上双眼的时候，也想看一眼她。她乌黑的长发已然变得花白，原来白皙的皮肤上也已经布满了皱纹。只有那笑容依旧，依旧能触动心底，这就是一生的爱恋。

纵使在这漫漫的人生道路上，少不了磕磕碰碰，少不了柴米油盐，少不了这样那样的阻碍，但是一切在爱的面前都显得微不足道。因为爱可以超越一切阻隔，心心相印。

最真的梦，最深的爱，最好的承诺。无须百转千回，无须千山万水，无须精挑细选，无须刻意比较，就认定了。即使你不是最优秀的，但却是最能让我心动的。而心动不需要任何的理由，也许只是前世的缘分。

我愿意把我的誓言给你。我愿意和你一起，把这誓言变成现实。我愿意和你一起，走到未来，甚至是生命的终结，只愿意与你一起。

（二）

击鼓其镗，踊跃用兵。土国城漕，我独南行。从孙子仲，平陈与宋。不我以归，忧心有忡。爰居爰处？爰丧其马？于以求之？于林之下。死生契阔，与子成说。执子之手，与子偕老。于嗟阔兮，不我活兮。于嗟洵兮，不我信兮。

《诗经·击鼓》

这是《诗经》里难得一见的振奋人心的场面，欢腾而充满着力量。那是一个深情的男子，从军前的豪情与柔情。

敲鼓的声音喤喤地响着，是在鼓舞士兵们上战场要勇敢。大家都留在漕城里，只有我骑着战马奔向南方。我跟着将军孙子仲，要去陈和宋调停。长时间地不允许我回家，我忧心愁苦万分。安营扎寨之后，就有了家吗？马儿因为没有系牢走失了。我要到哪里去寻找呢？没想到马儿居然就站在树下。

无论聚散还是生死，我曾经对你发誓说过，要紧紧地拉着你的手，一起白头到老。现在不得不叹息，与你分别的时间太久了，很难再与你见面了。叹息着相隔的遥远，无法逾越，不能实现我的誓约了。

那样的战争年代，那样的分别日子，不是不想，不是不爱，只是现实那么地残忍，难以改变。但心中的誓言，却从来没有被忘记过。

"执子之手，与子偕老！"好美的誓言，好美的承诺。这世间没有哪个女子经得起这样的承诺。若真是有这样一个男子，愿意一生一世地守候呵护，那么，想必等待，即使百年也是值得的。

"不忘初心，方得始终。"只要心中充满了信念，终有一日，重逢会不期而至。或许那时，两人皆已是满鬓斑白，经过岁月的沧桑之后，依旧能清楚地记得昨日的青涩微笑，这便是幸福了，这便是一生的真爱了。

（三）

我们偶尔会有幸得见一种浪漫的风景。相互扶持的一双满是皱纹的手，颤颤巍巍地在夕阳下漫步，这样的满头白发的一对老人，这样淡淡的感动，似乎更让我们相信爱情。

见过了背叛，不敢奢望天长地久。年轻的人，似乎距离白发斑斑还有一些距离，谁也不知道未来的那段路能不能继续手牵着手走下去，大家都洒脱地说"如果不能就放开吧"，似乎都没有信心，不知道这没有信心是对对方，还是对自己。

有这样一对夫妻，男人已经瘫痪许多年了，头顶的头发所剩无几，只能靠轮椅或是搀扶才能走动。他的妻子是一个瘦弱但坚强的女子，只要天气好，她都会扶着男人下楼晒太阳，无论春夏秋冬一直如此，他家住在四楼。

很难想象一个如此瘦弱的女子，一个年过半百头发已经白了一半还多的女人，就这样年复一年、日复一日精心地照顾着这样的一个男子。

男子的口齿已然不清楚，但他总是望着女人，憨憨地笑。那笑容中虽然不见当年的风采，却情意绵绵，这就是我们可望不可即的爱情。

每每看见，心里都是感动，这是我最近的接触，超越爱情的爱情。很多时候，生活中不需要誓言，有的也只是平平淡淡的相扶相持。其实这就是爱，比所有语言描绘都更加动人。

所以，我们也回身看看我们的周围，一直站着谁？谁又一直在无声地守候着我们？如果真的有，请一定要珍惜，那会是我们一生难得一遇的真爱。不要介怀，谁先伸出手。请挽住那手，也许若干年以后，夕阳西下的时候，你们肩并肩踏着那落日余晖慢慢地走着……

羡春来双燕，朝暮相见

（一）

我们总是念念不忘一种初见的情怀，那笑意、那柔情，会不自觉地在今后日日夜夜里生长出无尽的相思。

一片花海灿烂地开放着，炫耀着自己的美丽。这一片芬芳，霸道地张扬着，昭示着自己的幸福。那一对蝶儿飞舞着伴着清风，送来清香，送来甜蜜。

裙角飞扬的瞬间，嘴角挂着微笑，那是得意的笑，又略带着害羞，但还是抑制不住好奇的心情，想要看看不远处方的那个人，到底是什么样子，于是小心地打量着。

那小心翼翼的观察，那细微的动作，那发间的茉莉花香，已然让我心动。当探究到我的心底，你会发现那里一直在的原来是你。

可惜时间总是不与人作美，太阳准时地要下到山的那一边。我们也不得不分开。"分开"这两字说来简单，但真要面对这一时刻，那依依不舍，竟然觉得有一点的心痛。

于是想着，分开还会再见。这样分开的煎熬，就减少了一分。于是开始从你转身的那一刻，我就开始期待着第二天的重逢。依旧是在这花海，我可以看到你粉红的脸庞，听见你动人的声音。

我早早地来到相遇的地方等候着，从日出的时候一直等到日上三竿，没有你的踪影。我继续等候着，又到了日薄西山，可是仍然没有你的踪影。亲爱的你，怎么没有来？

这样持续的等待，等待着希望，等待着失望，反反复复，只是再没有你的身影出现。信手摘下一朵花，无奈地又扔在了花海，在这里等到了一份爱，可是换来的又是什么？

那份爱换来的却是无尽的寂寞，因为不再有人能代替你走进我的心里，住在里面。那个位置已经被你霸占了。寂寞于初见之时就已注定。

（二）

忆昔花间初识面，红袖半遮，妆脸轻转。石榴裙带，故将纤纤玉指偷捻，双凤金线。碧梧桐锁深深院，谁料得两情，何日教缱绻？羡春来双燕，飞到玉楼，朝暮相见。

《贺明朝》欧阳炯

欧阳炯的诗中，初见是浪漫而多彩的。飞扬的裙裾，花间的百色，伊人的红妆，掩映一种怦然心动的灿烂，让人难以忘怀。于是，那艳丽的色彩，那裙角的花香，那伊人的笑意，留在了诗人永恒的记忆里。

还记得那时的花间初次相遇，你的红袖半遮面，将半面妆容轻轻地转到一边。石榴红色的裙带，在手指间轻轻地缠绕，偷偷地搓着，那一双好看的眸子，动人的眼波，如今想起来依然让我怦然心动。

分别是容易的，但是相见却遥遥无期。什么时候才能和你缱绻相守？不由得羡慕起那窗前的双飞燕来，它们朝夕相处，一起游玩，飞到楼前，我就能看见它们，可是我心中的女子，我什么时候才能见到你呢？

那灵动鲜活的小女子，就这样闯入我的生活，但却不得不面对深闺的束缚，她不能时刻与我相见，礼教的约束我们都无可奈何，只能轻轻地对着天空叹息。

坐在绣楼上的隽秀女子，你是否也在想着我，温文尔雅的我、触动你内心的我？坐在绣楼上的调皮女子，你是否也还记得我们相处的点点滴滴？那欢愉，那惬意，是否也同样在你的心头久久不能散去？

那一见尔后的不能忘却，那一见尔后的相思愁肠，只是因为多看了你一眼，从此就陷入这无尽的相思之中。

我再次回到我们初次相识的地方，那里的花依旧娇艳，我却看不到它的颜色；那里青草依旧清新，我却嗅不出它的味道。只因为没有你，没有你的花间少了一切。

（三）

感情这种东西，是最没有办法闪躲的，不是想不要就可以不要的。那一颗心，有的时候只是一个瞬间就会属于别人，说不清缘由，就被带走，这就是缘分。躲不开，推不掉，是宿命的安排，是上天的玩笑。既然让两人相爱，那为什么不索性成全这爱的长相厮守？

难道只有这缺憾带来的痛楚，才能让人印象深刻，不能忘怀？难道只有这想念带来的煎熬，才能让人爱得真切，不能舍弃？

其实也不尽然，只是悲剧往往更容易引起人们的共鸣，那心底最柔软的地方，往往更容易被打动。如果身边真的有那么一个让你怦然心动的人，绝大多数的人都不会让她/他就这么消失不见的，对爱情的勇敢，自古如是。

就像勇敢的向日葵，终年爱着阿波罗一样，只是初次的相遇，就足以付出一生一世，甚至是生生世世。即使不能拥有，还是愿意守候，一直无声地守候，即使是悲情，也愿意承担。

　　似乎相爱、分别、思念就是永恒的诉说爱情的旋律，我们不能说这样太苦，因为期待的过程本身就是美丽的，何况还是在心动之后的期待。

　　于是只剩下了祝福，祝福有情人终成眷属，朝暮相伴，天涯相随。

第四辑

Chapter · 04

低婉轻吟，是谁唱遍了惆帐

百转千回，欲语还休，原是离愁

（一）

离别，是一个永恒的话题。离开，别过，带着祝福，带着不舍，带着心底那难以割舍的情愫。缓缓地放开手，慢慢地转过身，然后决绝地离开。

夜晚的繁星点点，不知道何时才能与你一起。再看那星星，离别，原来那哀伤，可以慢慢地注满整个星空，璀璨明亮，是那样地美丽。

或许未来的某一天，那夜晚的星星比今夜的星星还要明亮，但在我的心里，最美的仍是此时。因为此刻你还在我的身边陪伴，陪伴着我一起等待，等待那离别的到来。

不禁埋怨起那繁星，离别之时竟然如此耀眼，而那月亮却是弯弯的，悄悄地躲在云朵的后面。这就是人有悲欢离合，月有阴晴圆缺，任谁也无法改变。

那星星月亮何其无辜，被我怨恨，终于淡然。这离愁别恨，原来就不关它们的事，我何必这样为难它们又为难自己呢？

衬着路灯继续向前走着，不停地走着，尽管夜已深，却仍旧没有离开的意思。是不舍得，明日就要分别，止不住的泪，停不了的情。

一路上谁也不敢看谁，只是默默地向前走着，不说话，不对视，就这么走过了一条街又一条街。东方已然泛白，太阳还是那么准时地升起。终于还是避不开，终于还是躲不过，背起那行囊，深深地看了一眼，踏上月台。

不敢回头张望，生怕一个不小心，就泪流满面。伸手触摸，泪水早已在脸上肆意，只是自己似乎没有察觉到。

原来离愁是这番滋味，百转千回，融入愁肠；原来离愁，是这样痛楚，欲说还休，刀割心伤。

(二)

尊前拟把归期说，欲语春容先惨咽。人生自是有情痴，此恨不关风与月。离歌且莫翻新阕，一曲能教肠寸结。直须看尽洛城花，始共春风容易别。

《玉楼春》欧阳修

离别的筵席上说着什么时候回来，却话还没有出口，已经哽咽不能言语。离愁别恨是人生来就有的情感，这情感与风花雪月没有关系。

那离别的歌曲，就不用再翻新的曲子唱了，只那一曲已经让人柔肠寸断。我要看遍洛阳的名花，然后和春风一起毫无遗憾地离去。

那是怎样的季节，春风送暖，百花盛开，一切的美景尽在眼底。却不得不在这样的时候，离开这个让自己如此深爱的地方，离开那么多自己牵挂的人，离开那么多牵挂自己的人。举起酒杯，在这离别的筵席上想要说些什么？

说着也许过段时间我们再见面，再见面的时候，我依旧要与你们举杯共饮。话到嘴边却没有说出，那归期并不在我的心里，完全没有把握。一时间哽咽了，哽咽的不只是声音，还有那深深的离别的情绪。

人们总是把这样那样的错误怪在周围的景色上，恨月儿不为自己圆，怨花儿不为自己开。此时花好月圆，却依旧觉得有无限的遗憾，为何？为的就是那情感。那情感，是发自内心的。人生自是有情痴，这情痴是你，亦是我。

我们内心的各种感情交错在一起，似乎无法排解。又想如何能走得没有遗憾，看遍百花就能如春风一般了无牵挂？谈何容易。

（三）

"人生自是有情痴，此恨不关风与月。" 很多时候，这样凄美的诗句，都会被我们赋予各种各样的故事、各种各样的色彩，这故事的主旋律就是爱情。

情人之间的分别是最痴缠、最痛苦的，刚刚还缱绻在一起，转眼就要各奔东西，心底的那份不放心，心底的那份失落，不言而喻。

其实不想走，谁想走呢？终日漂泊着、忙碌着，为了生活不得不做的事情太多，包括分别，包括割舍。

都在憧憬着未来的日子，我们都在努力着，终有一天我们可以在春日一起看迎春花娇艳怒放，夏天一起欣赏细雨漫漫，秋季执手摘一片红叶，冬日在那白雪皑皑的时刻围炉取暖。这样的憧憬，这样的幸福，会减淡分别的痛楚。

现代人的生活，很多人都要经常出差，似乎这种离别的感觉有些麻木了。三五日一去，十八天一回，来来回回。从最初的不能割舍，一步三回头，到后来的无须相送，坦然地背起行囊，淡定地彼此告别。似乎是情感的淡漠，又或者说是彼此的距离。

　　忙忙碌碌的生活，也许让我们忘记了感动，忘记了心底最纯真的东西。总是感动着别人的故事，却忽略了自己的生活、自己的情感。

　　让我们一起安静地坐下，在这角落或在那街角，合上双眼，听一听清风吹过的声音。你会发现，那风都似乎在诉说着曾经的你们的、我们的故事，那故事会更加感人。

　　若是有泪，就尽情地流一流，让这情感宣泄，让这情愫蔓延，直到永远。

只愿君心似我心

（一）

最简单的奢望，莫过于希望自己的爱人也同样地爱着自己。这样的愿望很是简单，但却真真实实的是奢望。而这奢望如若成真，又将是最美丽的情感。

每个人都渴望着一份爱情，永恒的、相互的、适合的，只是这样的爱情似乎永远都是可遇而不可求的，不是你付出了多少就可以收获多少的。

多少孤独的守候，多少无奈的期盼，那日夜的煎熬从不留情，那岁月的讽刺从不减少。本想寄情明月，奈何明月阴晴不定，于是只有对着那或阴或晴的夜空，悄悄地、静静地品尝着心底的那一杯苦酒。

单恋、相思，说来轻松的字眼，不知道蕴含着多少眼泪、多少心酸。想说却不能说，想爱却不能爱，因隔着的不只是时间，还有距离，这距离，每天都在撕扯着想念的那颗心。

总是不能看见，不能拥住，只能默默地祝福着、祈祷着，祝福着心中的人儿能快快乐乐的，祈祷着有一天她能发现有一颗心一直在守候着她。

好在两人之间总会有那么一丝的牵连，这牵连，也许在别人看来，是那么微不足道，但是这一刻在我的心里，却那么地珍贵。这一丝的牵挂，便是我每日生活的动力。

太阳的光芒透过云彩，零星地落在脸上，暖暖的。那感觉犹如是一双手轻轻地抚摸。闭上眼静静地感受这片刻的温存。深深地呼吸，伸手去触碰，却只有空气，没有其他，你可知道，我在期盼，我在祈求，你的心是否可以如我。若真的如我，该多么幸福……

只愿君心似我心，定不负相思意。

（二）

我住长江头，君住长江尾。日日思君不见君，共饮长江水。此水几时休？此恨何时已？只愿君心似我心，定不负相思意。

《卜算子》李之仪

我居住在长江的上游，你居住在长江的下游。每天想念着你却见不到你，唯一的联系，是我们都喝着那长江的水。滔滔江水，绵绵不断，不知道何时才能够停下来，这离愁别恨也不知道什么时候才能停下来？只能期盼着、希望着你的心意能像我的心意一样，这样就一定不会辜负这相思的心意了。

我们之间唯一的联系就是那江水，不知这江水，能否把我无尽的思念带去给你，让你知道，在江的这一头，还有一个我，在想着你，在等着你？

无法询问，只能默默地祈祷着，你能否像我对你一样地坚定、一样地执着？若是能，我将会是世上最幸福的人儿；若是不能，我就在瞬间坠入无底深渊，万劫不复。

江水中的鱼儿，摇着尾巴，快乐地游着。我就坐在船上，清风拂过脸庞，无限哀愁。伸手划过那江水，微凉，却并不觉得冷，是夏天的关系，空气中的温热气息环绕着我。只是心里的温度并不高，因为想见却终不得见的你。

抬起手指，手上的水珠反射着太阳的光芒，那么耀眼炫目。缓缓地顺着指尖掉在地上，五彩斑斓，却摔得粉碎。碎成无数的小水汽，慢慢地消失在空气中。

不由得失神，这就是爱情吧！炫目之后，分别，然后慢慢地消散在空气中，找不到踪影，却依旧无时无刻不存在着。逃避不开，躲避不掉。

（三）

谁不知道相思苦，谁不知道离别痛，偏偏逃不开命运的安排。寂寞时刻在心间弥散。这个孤单的时候享受它的绝对不是一个人，而是许多许多的人、许多许多的情。

隔着万千的距离，若是你想的人不想着你，那就是单恋一生，毫无回应，却又无法舍弃。无法舍弃对自己的承诺，对自己爱情的期待。即使他并不爱你，仍旧无法克制自己的情感，不知道自己爱的是这个人，还是有过的那段记忆。

若是你想的人同样疯狂地想着你，却不得见。就如那彼岸花，花开叶落，无法相会，只有想念，只有想念那无法割舍的想念，心似刀割，却仍旧愿意承受这痛楚。这就是爱情，至死不渝的爱情，那么思念的意义更加明显，也更加值得。

只是谁又愿意做那彼岸之花呢！无望地等候。就算是值得，就算是有回应，就算是有回忆，那又如何？不是一样地没有希望，不是一样地生生世世的不能相见。

为什么一定要有分别的爱情？不能勇敢地风雨相伴、天涯相随呢？爱情是最自私的一种情感，它的自私在于它的唯一和不可替代。那么既然是唯一，不可替代的，那就勇敢地排开一切的束缚，向前去争取幸福。

不要让遗憾一直环绕周围，要幸福，要快乐。所以请勇敢，在爱中的人们，抓紧那一双只肯为你张开的双手，让自己，让爱情，有个幸福的归宿。

山无陵，天地合，乃敢与君绝

（一）

这世间有一种痴迷的爱恋，会让人甘心沉醉。有这样一个人，值得心醉，值得付出一切，也是一种难得的幸福。

我可以信誓旦旦地诉说着誓言，表白着内心对爱的期盼，希望这个人能与自己相守相伴。

勇敢地告白，整个世界都会为你喝彩。你是我选定的终身依靠。也许不该说依靠，选择你，不是为了依附你，而是和你相互依靠。

我也愿意敞开胸怀给你温暖，让你快乐，让你幸福，此生此世，绝不离弃。无论你是青春年少，还是花甲暮年；无论你是家财万贯，还是一贫如洗。在我的心中，你永远都是一个样子，我爱的样子。这是多么美丽的期盼。

天地悠悠，人来人往，你就是我生命永恒的坐标，有你的地方就是家，有爱的地方才是家。我想就这样与你相互偎依，相守着最简单的幸福。

一起手牵着手，看着东方的太阳缓缓地爬上山坡，再看着它笨拙地爬到高空，最后优哉游哉地落到山的那一边。

无须掩饰内心的所有感觉，或喜或悲。至少有一个我，愿意坐下来，静静地聆听你的声音、你的心事，愿意分担你的所有，无论是快乐或是烦忧。

晚风吹起也不必担心，我会为你准备一件衣衫，轻柔地给你披在肩膀上，看月儿由缺到盈再由盈转缺。就这样日复一日，年复一年。

岁月的风划过鬓角，将它染成白色，时间的手轻捶腰间，让它变得弯曲。但是任时间和岁月都无法改变的就是那一颗心，彼此相爱的、越发坚定的心。

什么都会变老，除了爱情，甚至比常青树都要常青，万年不变，守护它的是两颗相爱的心，这就是缘分善意的安排。且让我们一起聆听那美好的誓言。

（二）

上邪！我欲与君相知，长命无绝衰。山无陵，江水为竭，冬雷震震，夏雨雪，天地合，乃敢与君绝。

《上邪》汉乐府民歌

指天作为誓言的见证，我想要和你相爱，一直到未来的未来，永远的永远。

到山都没有了山峰，江水都已经枯竭，冬天雷声阵阵，夏天下起大雪，天和地合并在一起，直到这个时候，才敢与你分开。

这是多么美的承诺，那承诺没有任何的矫揉造作，那承诺没有任何的情非得已，有的只有那浓郁的深情，有的只是那深切的爱恋。

我愿意，愿意为你忘记自己，愿意为你舍弃身份，只要能陪在你的身边，无论你如何，都不会离开。"山无陵"，山怎么会无山峰？"江水为竭"，江水那绵绵不断，怎么会枯竭？所以我对你的感情、对你的爱，怎么会停止、怎么会消失？

四季依旧是沿着亘古不变的足迹走着，不会在冬天打雷闪电，同样也不会在夏日飘起雪花，所以我的爱永远都不会改变、不会偏离。

天与地自是有着无尽的力量相互支撑着，不会合并在一起，不会让万物消失，所以天地不合，我也就不会忘记初心，不会离你而去。倘若真的天地合并在一起，那么这世间的一切也就跟着烟消云散了，那么我不存在了，你也不存在了，那时我才不得不离开了你。

一切的假设都是不可能成立的，唯一成立的就是我那一颗心，爱着你的心，认定你的心，愿意执子之手、与子偕老的心。

（三）

最初的时候，听到这《上邪》的句子，是在电视剧里。那样一个娉娉婷婷的女子，柔柔地郑重承诺着她的爱情，很是感动。

之后很长一段时间都在期盼着这样的一个人，这样的一个愿意为我守候一生一世的人，期待着这样惊天动地的爱情。

可是时间是修整一切的手术刀，经过岁月的洗礼，我渐渐开始明白，那些惊天动地，要付出的是无尽的心酸以及痛楚的心伤。而这些，也不一定是我能承受的。在这样那样的变故面前，自己是否依旧坚定都没有确定的答复，怎么去要求别人？

爱情的最高境界，其实不是那轰轰烈烈、不是那痛彻心扉，而是耐得住岁月的平淡，经得起时间的洗礼。

平淡的生活中，面对所有的琐事烦心，是否依旧能够清楚地听见自己的心跳声，是否还会有脸红，还会有当初的那一丝悸动？

时间的洗礼，彼此都从青葱岁月中走过，白发斑斑，皱纹也会爬满脸颊，甚至声音都会变得苍老不堪。挺拔的身体也渐渐地弯曲，也许还有疾病缠身，有可能卧床不起。在这个时候，是否依旧不离不弃，是否依旧爱着，爱着苍老颓废的那个人？

那时的爱情，已经不再是爱情了，而是习惯，是亲情，是责任。爱情是不是真的会随着时光慢慢变质转换？

这个问题，我给不出你答案，没有经过那么漫长的体验，我想任谁也无法说出那感觉，究竟是爱还是其他什么东西。

但可以肯定的是，无论最后心底剩下的是什么样的情愫，那里面都必然有爱的踪迹，有爱的影子。

在天愿作比翼鸟，在地愿为连理枝

（一）

一场风花雪月的相逢，一场生死相依的爱恋。动人心魄，感人肺腑，流传了千百年，演绎了无数次，依旧令人回味不止。

起初的相逢，完全沉迷在那如花的相貌里。那精致的五官，那白皙的皮肤，那动人的舞姿，那迷人的笑颜，一幕幕地在眼前重叠，怎么能不喜欢，怎么能不动心？

相处的时日渐久，那才华的显露，那性情的显露，都是惹人疼爱、让人怜惜的。朝夕相处，彼此间的感情渐深，甚至恩泽到身边的其他人。这就是君王之爱，所带来的所谓的福气，不过这福气只是对少数人而言，可平民百姓面对的则是无底的黑暗，心中有的怨恨也多过了羡慕。

不想评论帝王的政绩，只说那感情，只说那爱恋，在生死分别的时候，君王掩面，颜面又如何？依旧是救不得，眼睁睁地看着自己最深爱的女子，在自己无力保护下香消玉殒，那伤痛对一个王者来说是致命的。

颠沛流离下的痛彻心扉，那痛让他窒息、让他疯癫，让他不知所措。双手握住的再不是那佳人的玉手，只有那旧物，可以睹物思人，但却也是物是人非。唯独那填满整个心房的人，不在了，永远都不在了。

但心中的想念却日益坚定，两颗相爱着的、两颗思念着的心，相互牵绊，永不停歇。

（二）

汉皇重色思倾国，御宇多年求不得。杨家有女初长成，养在深闺人未识。天生丽质难自弃，一朝选在君王侧。回眸一笑百媚生，六宫粉黛无颜色……鸳鸯瓦冷霜华重，翡翠衾寒谁与共？悠悠生死别经年，魂魄不曾来入梦……玉容寂寞泪阑干，梨花一枝春带雨。含情凝睇谢君王，一别音容两渺茫……但教心似金钿坚，天上人间会相见。临别殷勤重寄词，词中有誓两心知。七月七日长生殿，夜半无人私语时。在天愿作比翼鸟，在地愿为连理枝。天长地久有时尽，此恨绵绵无绝期。

《长恨歌》白居易

一曲《长恨歌》，洋洋洒洒八百余字，把唐明皇和杨贵妃相识、相爱、荒废朝政，而后生死相隔，思念无尽，跃然纸上。

　　那初见，回眸一笑，倾国倾城，美人出浴玲珑剔透，那娇羞模样，终生难忘。于是便有了君王日日不早朝，舍不得那闺中的佳人儿，所以舍弃了万千的百姓。

　　那感人肺腑的爱情，却是建立在生灵涂炭的基础上。这样的爱，似乎代价过于惨烈了。所以当到了马嵬坡下的时候，愤怒的人们，把这君王不早朝的责任全然推给了杨贵妃。一个娇弱无骨的美艳女子，就这么变成了马嵬坡下的一抔黄土。

　　辗转反复后，故地重归，不见芙蓉面，唯有芙蓉花、垂杨柳。昔日的景色不变，只是再不见那故人笑语盈盈对面来。想念总是最折磨人的，也不曾在梦中见过一面，于是请了方士帮忙寻找，找遍碧落黄泉，仍然没有一抹身影。

　　终于在那蓬莱仙山见到了太真，昔日的杨贵妃，英姿依旧卓越，只是那一行清泪带着无限的对君王的想念。

　　当年的七月七日的夜晚，我们一起在长生殿上许下誓言，在天愿意作那比翼鸟，在地要作那连理枝，天长地久也许是有尽头的，但是我们的生死离恨永远没有终结。

（三）

时至今日，再看那让三千粉黛失颜色的杨贵妃，依旧是那么地美艳动人，在人们无数的美化下，神一样地活在人们的心中，似乎从不曾离去。

在天愿作比翼鸟，在地愿为连理枝，也成了人们对爱情承诺的最好代言。那只有一翅一目的鸟儿，一生都要两两相伴，这样的相依相伴，多么地让人羡慕。那地上百般纠缠的连理枝，生生世世都不可能分得清楚，是你还是我。这样的纠缠爱恋，多么让人羡慕。

这样的爱情，不需要解释，不需要言语，却是彼此坚定的选择，生生世世，不离不弃。

生死离别之后的玉容寂寞泪阑干，梨花一枝春带雨。而后，便是无垠的寂寞。周围那么多的人，那么热闹，可这一切都与我无关。与我相关的只有你的消息，几经辗转之后，想你不能入眠，听到你的消息，不禁潸然泪下，美丽的容颜上挂着的真心的眼泪是那么美。犹如春雨之后那带着雨珠的梨花，让人怜惜，让人不舍得。

我离了你，无法生存；你离了我，无法飞翔。不是绑定，却异常坚定。彼此纠缠，却不厌烦，心甘情愿地互相依附，这就是爱情。

生命也是有尽头的，只有这因爱而生的思念无休无止，因爱而生的遗憾无穷无尽。

山盟虽在，锦书难托

（一）

我追不上时间的脚步，拽不住岁月的衣衫，就这么一路踉跄地前行着。多少阻碍，都被翻过；多少痛苦，都被忍耐。

爱过沧桑，那没有结果的奢望；独自守候，那没有未来的情感。些许的凄凉，那凄凉不只是为自己，更为那些和自己一样的人们。

樱花灿烂的时节，看着漫天飞舞的花瓣，不仅赞叹它的美丽。可想过那樱花，何其地悲凉！自己的一生最美丽的时刻，竟然是被风吹落的瞬间，也就结束了生命。

这就像那些不被祝福的爱情，一旦发现就会被摘除，而被发现的时候，正是爱情之花最美丽的时刻，那美丽的映照，居然是割舍和心痛。

最后的分别，两人只能相视，相视一笑，没有话语，那空气中，弥散着的满是悲伤，却偏偏在脸上挂着笑容，那笑容讽刺着世事无常，讽刺着昨日的誓言。

手中余香尚在，佳人已不知何所踪。那一缕飘忽不定的清香，让人终生不忘，那一缕似有还无的清香，让人痛不欲生。

是痛，心底最深处的痛；是爱，心底最深处的爱。为你，为我，曾经有过的风中的矗立；为你，为我，曾经有过至死不渝。

（二）

几回花下坐吹箫，银汉红墙入望遥。似此星辰非昨夜，为谁风露立中宵。缠绵思尽抽残茧，宛转心伤剥后蕉。三五年时三五月，可怜杯酒不曾消。

《绮怀》黄仲则

几次坐在花下吹着箫，佳人所在的红墙明明近在咫尺，却犹如银河相隔着一般遥远。那星辰早已不是昨夜的星辰，即使再相似，也不是了，今夜又为谁，矗立在风露之中？

春蚕吐丝，之后就是生命的终结；那芭蕉被剥开以后，更显得悲凉。过去的那些日子，已经不可能再回来了。昔日的美酒，如今只有一个人对月独酌，那酒的味道，近乎苦涩。

这便是人世间最远的距离，明明心心相印，却仍不得始终，没有结果，就这样苦苦地爱着，就这样独自品尝着这苦酒。酒入愁肠，似乎使那悲伤的情绪更加浓郁了。

在那风露中矗立，月亮高高地挂在天上，永远都是那么皎洁，这世间的愁苦，都与它没有丝毫的联系，它就那么麻木地看着，站在下面的那个人，独自伤怀！

月儿终还是无情的，体会不到那离愁别绪，体会不到那爱恨情意。酒醉了眼，蒙眬间，又坐在那花前月下。吹着箫，那首你最爱的曲子，清脆地回响在你我的心间，你笑颜如花向我轻快地跑来，我放下手中的箫，张开怀抱，准备迎接你的到来。

双臂合十，却只抱到了一阵空气。那空洞让整个人瞬间清醒，原来一切都是梦。你依旧和我隔着那银河，不能穿越的银河。没有鹊桥，甚至一年都见不到一面。

悲哀，被酒麻醉的神经，停止了思想，我沉沉地睡在那月下，同样地等候在那月下。

（三）

相爱却不能相爱，这是多么痛苦的事情。就像唐琬和陆游，即使再情深意浓，也不得不说那"东风恶，欢情薄"。

古往今来多少故事让我们不禁伤怀，总有这样的那样的不遂人愿导致了一系列悲伤的故事。梁山伯和祝英台，本来多美的一对神仙眷侣，却不得不化蝶双飞。

当人们不能面对现实的压迫的时候，就选择了逃避。这是逃避，一起逃离了人世间，到一个没有忧愁烦恼的地方去了。换言之，能逃避何尝不是一种幸福？能手牵着手一起飞跃，何尝不是一种幸运？

有多少人，想走却被牵绊，牵绊住脚步，牵绊住思念，终其一生，也不能解脱，直至生命的最后一刻。"山盟虽在，锦书难托！"那曾经的誓言，言犹在耳，可在现实不得不遵从母亲的指示休妻。拿得起放得下的陆游，都这样无奈地对待这感情。

在感情中，总有一些是被舍弃，我们这样希望，被舍弃的不是自己。只是希望，希望总是美好的。当各种利益、情感相互撞击的时候，就是选择的时候，或喜或悲，无法定论。

我们能做的，就是祝福，祝福那爱中的人们，不要遇到这样的选择；祝福那爱中的人们，沧海桑田过后有一份平淡的幸福，在手中紧紧地握住，相伴到老。

那路边的杨柳树，那青翠的叶子，很是好看，宁静的岁月就是这样地平淡，春去秋来，无始无终。我们始终都是过客，时间的过客。而时间将会把一切都沉淀，沉淀之后，留下那美好，供人回味。

第五辑

Chapter · 05

轻笙舞零，佳人泪流了几行

剪不断，理还乱，是离愁

（一）

年年有秋日，秋日年年都是新的，虽然往返不止，却总是带着不同的味道，席卷大地。其实这不同的滋味，只是因为自己心境的转变，比如重逢，比如离别。

离别，不只是告别相爱的人，还有自己以前的生活。也许是一夜的无眠，唯一可以面对的只有天空中那一弯新月。

自古以来，人们都说秋季寂寥、萧条，正是如此，秋日的情愫更容易掺杂着悲伤的情分。算是情景交融，其实不过是映照心情罢了。

院子里的花池里，开着一株不知道名字的花，那花长得极其简单，六个花瓣，粉红色的，中间是黄色的花蕊，但花的生命力却很强，似乎是随处可见的。此时看来，味道也有些不同，更显得孤单，孤单地映着那一弯孤月。

都是寂寞的，谁照着谁，又有什么关系呢？

伸手接住落下的梧桐树树叶，那魁梧的枝干，也避免不了树叶的逃避，这样的别离，这样的季节，这样的无法言语。

此时的夜风，吹过单薄的衣衫，让原本单薄的身体，轻易地就感觉到了寒冷。秋日的寒冷来得不突然，却冷得刻骨。

想整理一下自己的情绪，却发现已经乱作一团，无法下手。越整理越显得凌乱，不得不放开手，由着心情肆意地折腾。就这样的一颗心，就这样的一片情，慢慢地被浸透失去自我，全是那情愫和思念，对昨日的自己，深深思念。

（二）

无言独上西楼，月如钩。寂寞梧桐深院锁清秋。剪不断，理还乱，是离愁。别是一般滋味在心头。

《相见欢》李煜

一个人独自登上那西楼，默默无语间，看见那天边的明月，形状像钩一样。在这微凉的清秋夜晚，院子里深深锁住的是那梧桐树，还有我寂寞的哀愁。

剪也剪不断、理也理不清的那万千思绪，叫作离愁。而如今这感觉在心头，另有一番不同滋味萦绕不散。

南唐后主李煜，有着这样的一颗敏感的心，有着这样一身无尽的才华，却偏偏生在帝王之家，而不是文人墨客，所以他的一生必定是一个悲剧。

那潇洒自如的挥霍，那凭栏远眺的无奈，都在勾勒一个帝王词人的起伏人生。

当大周后撒手人寰的时候，任你权力如何地大，也无法撼动死神的脚步，只得任离愁浸染。当被掳到大宋的时候何止是无奈、何止是凄凉？不再有自由，不再有快乐，对往昔的一切，只能是怀念与回忆。这样的一个人，忍受着这样的痛楚，不得不说这很残忍。

寂寞梧桐深院锁清秋，一个"锁"字，把自己的情形那么轻易融入了进去，似乎自己就是那一棵困在庭院里的梧桐树，今生今世都不能奢望外出去走一走、看一看。一把锁，一个庭院，一生悲欢……

寂寞是没有知音陪伴的孤独神伤，小周后此时也不知道在什么地方，过得如何。那些无从知晓的事只能寄希望于清风，希望清风能传递思念。

寂寞是情景极度转换之后，留下的悲凉，又何止是悲凉？

（三）

寂寞的笑容展现，一抹嘴角上扬的弧度，衬托着自己的悲伤，那么浓重，伸手推也推不开，只能默默忍受。

一夜之间由殿上君王变成了阶下囚，却还不得不强颜欢笑。只能把这些无言的痛楚糅进文字中，化成无数感人至深的词句。

李煜的人生既是悲剧的又是完美的，每每看到他的句子，心里总有那么深的同情，其实一切都是注定的，注定了帝王的生涯，注定了之后的王朝败落。就这样一步一步走来，似乎都没有选择的权利，没有权利说要或不要，只能承受着。

心底的情愫被扰乱了，说不出是怎样的无奈，微微的，酥酥的，酸楚的，疼痛着。那样的一颗心，高贵的，柔软的，对着生活有着无限的热爱的心，却不得不承受本不该属于自己的生活带来的恶果。

怀念故国，还需要掩饰的怀念，不能直白地剥落自己情感伪装的外衣，只能含蓄地诉说着，委婉地表达着，却更让人的内心触动。这就是李煜文字独特的魅力所在。

眼泪为谁而流，为谁而痛得夜不能寐。那不一样的离愁，不一样的分别，怀念着昔日不可能回去的生活，想念着曾经那不可能再相见的人。

收敛情绪，借秋风一阵温暖，但愿那词人能有片刻的温存，就像面对离别的人们，至少我们还有一个希望，我们还有无数的机会，可以重逢。

握手一长叹，泪为生别滋

（一）

有时候，离别是不得不；有时候，相思是不能不。

很多人都是平凡的，平凡地按照时钟起床、上班、下班、休息、度假……总是那么规律地生活着，似乎是过完了一年，就能知道以后三四十年的日子一样。而绝大多数的人，就是这样地在过生活，即使会觉得很无聊，但却没有勇气告别那一份安逸，告别那一份习惯。

然而有些人，却是注定漂泊，也许是因为生命中的不安定的成分，也许是因为骨子里的不寻常的气质，要承担更多，要付出更多。所以当成为这种人的恋人的时候，那离别似乎就像家常便饭一样，那么随意。

可无论平静或者漂泊，我们都有执着爱的理由。

真正的男人，不是空有一腔的热情，而是有担当，敢承诺。面对自己的恋人，敢有一份承诺，即使是面对那个虚无缥缈的未来，心中仍要有那样一份坚持和憧憬。这坚持不仅仅是自己前进的一个动力，更是给对方一个生活的希望。这憧憬，不只是让自己看到阳光洒满窗台，更让对方看到那夕阳西下时依旧牵着的手。

若生，一定挽着你的手，一路走下去，直到头发花白，直到生命终了。若死，也不会将你遗忘，一生之中的情意，一世里面的沉浮，不能忘，不敢忘，不会忘。

若生，就是人间最美的风景，春日那耀眼的桃花，夏日那温馨的睡莲，秋日那高傲的白菊，冬日那清冷的寒梅，它们都是你，都有你的影子相伴，当然也有我跟在身边。若死，便是那彼岸凄凉的花朵，生生世世思念不止，不随轮回而转淡，不因岁月而遗忘，这便是我永恒的相思。

（二）

结发为夫妻，恩爱两不疑。欢娱在今夕，嬿婉及良时。征夫怀远路，起视夜何其？参辰皆已没，去去从此辞。行役在战场，相见未有期。握手一长叹，泪为生别滋。努力爱春华，莫忘欢乐时。生当复来归，死当长相思。

这是苏武一番爱的豪言，浸透着浓情和思念，爱与温柔缠绵在文字之间，于千古时光中，默默诉说。

从与你结为夫妻开始，就没有怀疑过，我们一定可以相爱到老。和你在一起的那些日子，相爱缠绵，多么地幸福。可明天我就要远行了，为了国家，我不得不选择离家。

当天边的星辰消失在夜空的时候，我就要与你辞行了。这一去，将奔赴战场，便不知道什么时候才能回来，再次与你相见。握着你的手，良久，还是舍不得松开这幸福，却只能泪水奔流，也许这是我们最后的见面。

我会加倍地珍惜眼前的幸福，永远都不会忘记和你相爱的时刻，这样的幸福时光永远在我的记忆中存留。如果我能活着，无论千山万水我一定会回到你的身边，守护你余生。如果我死了，那么在我的心中也永远都会装着一个你。

就算时间有一个尽头，我的爱永远没有尽头，无论距离多么遥远，我的爱永远触手可及。就这样地为你，唯一的你，付出一生。这是我的承诺，面对诱惑，面对苦难，面对一切都不曾改变的承诺。

这是一个有血性的男人的承诺，字字真挚，句句有泪，说不尽的无奈，但却是绝不更改的守候，绝不打折的想念。

（三）

很多故事都是这样，只看一个开始，我们的心便都装满了感动，但若看到结局，难免凄凉。

多年之后，已是暮年的苏武终于返回了故乡，终于找到了自己的妻子，那个他承诺，"生当复来归，死当长相思"的女子。而那女子却早已嫁作他人妇。因为一个已经死亡的消息，她放弃了等待，放弃了相思。再见面的时候，心里是愧疚还是懊悔，其中的滋味，怕是只有那女人才会知道。而苏武，心里是否会后悔当初的承诺给错了人呢？

我想不会，如若你真心爱着一个人，你希望她生活富裕，不受苦，不寂寞，这样自己就会觉得满足。苏武和妻子也是这样的。他远离了，在一个没有未来的日子里坚持着自己的信念。而妻子要忍受的不仅仅是生活上的窘迫，还有情感上的寂寞。那寂寞让人心神俱伤，所以最后放弃了，放弃了坚守。

为的是生活，为的是活着，谁能说这是一个错误呢？纵使遗憾难以磨平，但我们应该看苏武的胸怀，充满了真诚的祝福。无论她的身边是谁，只要她能幸福就好，这是真爱的胸怀。

泪眼问花花不语

（一）

那一片色彩，耀眼的花色，在阳光下绚烂，在雾气中妖娆。有过许多痴情的女子，独坐在院子里，看着那满眼的萧条，独有几株花儿，怡然自得地美丽着，似乎暮春的季节和她们没有关系一样。

忍不住探望，想要看看远处的风景，可是那重重叠叠的楼宇，挡住了视线。不得不收回自己的思绪、自己的眼神。

想要见一见心中的那个人儿，他却不知踪影。心里有说不出的苦涩，只能对着天上的白云慢慢地遐思。白云悠然地走着，自由原来是这个样子，若我也能拥有，该多好。

跟着风的脚步向前走着，心中的那个人儿，似乎比风的方向还难捉摸，找不到，摸不着，看不见。

想要走过那一道道的门，却不知为何，脚步总是沉重，走到第一道门的时候，就停止了。

不是因为隔着千山万水，不是因为穿过茫茫人海。只是因为时间，时间已经悄然把我的青春带走，而你却依旧意气风发。所以你离开，所以你漂泊。所以再也见不到曾经的你，那个薄情的你，那个心中一直想念的你。

（二）

庭院深深深几许？杨柳堆烟，帘幕无重数。玉勒雕鞍游冶处，楼高不见章台路。

雨横风狂三月暮，门掩黄昏，无计留春住。泪眼问花花不语，乱红飞过秋千去。

《蝶恋花》欧阳修

一个女子居住在庭院，那庭院看起来那么深邃，到底里面有多么深，无从知晓，只见那清晨的薄雾笼罩在杨柳上，仿佛杨柳的身上出现了烟一样的朦胧，那帘幕的数量是数不清的。

丈夫在风流快活地四处游走，女子在高楼上却看不到丈夫所去寻欢的地方。

狂风暴雨过去了，是三月的尾巴了，虚掩着的门依稀可以看到黄昏微露的模样。黄昏下的春色固然美丽，可任谁也没有办法挽留住春天的步子，就如同青春一样，一去不回。于是含着眼泪问那花儿，花儿却不说话，一阵风吹过，一起飞到那秋千的外面去了。

深闺的女子，永远都生活在一个四方的天空下，不能随意地走动，只能跟着日升日落交替地生活着。愿意也好，不愿意也罢，都是不能改变的事情。而丈夫，那个终日在外的丈夫，却可以花前月下、花街柳巷随意闲逛，在找寻着新的刺激、新的快乐。

这女子却痴守在那高楼之上，眺望着，猜想着，耳边却似乎是响起了杯盏相互碰撞的声音，丈夫身边年轻女子撒娇的声音。

她却只能独自嗟叹，谁让自己红颜已老留不住丈夫的心，更留不住他的人。这样无情的人儿，只爱那青春貌美，可是谁又能永远地青春貌美呢？

（三）

在古人的这种不平等的男女关系里，似乎女人永远都是附属品，只准男人去花天酒地，女人就要规规矩矩地守在家里，从一而终，这是什么道理？

但在古代，就是这样的，任谁也没办法改变那一时代的、那一特有的观念。所以只好接受，所以只好看着那许多的女子深闺伤怀。

伤怀的不只是因为寂寞，更多的是因为没有爱。没有爱的婚姻，怎么会幸福呢？又怎么能不寂寞？即使是相拥而眠，也不知道对方心里到底在想着什么。不被了解，也不了解，这是最悲哀的爱情。也许这根本不是爱情，或许只是婚姻，却也是最悲哀的婚姻。

在那样的时代，男人尚且可以在外面闯一番事业，或是寻花问柳，总之身边可以时不时地更换着人。而女子只能独自守在那深闺，独自忍受那寂寞的侵蚀，慢慢地看着窗前的花开花落，感叹人生的无常，仅此而已。

现代的婚姻，又是如何？有多少人是真的以爱为前提而结合呢？想得太多，反而会给感情戴上枷锁。所以我们需要真正浓厚的情感，更需要勇气，去寻找内心的悸动。幸福不是说说而已，要努力，要争取，也许心灵的转角处就会遇到怦然心动的人。

深知身在情长在，怅望江头江水声

（一）

生离，还有见面的机会。死别，却是带着一世的牵挂、一生的孤独。正像爱着的两个人，忽然有一个人离世了，对于活着的人，那是永远的伤逝。不敢看曾经一起走过的路，不敢想曾经一起度过的生活。可越是控制，思念却越是发狂。

偏偏这世上，总是那么多离别与想念的故事。

曾经一起走着的羊肠小路，那路边的野花依旧开得灿烂，青草也竞相生长，习惯地伸手去牵你的手，只是握住的只是空气和无尽的心酸，眼泪悄然流下，悄然流下又有什么用？依旧是找不回曾经的你，我的一颗心被活生生地撕裂，疼痛得几乎窒息……

夜深了，又想起你。你会为我准备那夜宵，你清楚地知道我的口味、我的喜好。而如今夜色笼罩下，只剩我一个人对月成影，说不思念，怎么可能？说要忘记，又谈何容易？

那曾经的生活也许会是一生中最满足的幸福，这样的幸福在于两颗相爱的心，两个相爱的人可以牵着手看日升月起，看春夏秋冬。一起在田间嬉戏，一起对月当歌。这样的每一天都是快乐的，每一刻都是温馨的。即使时间不长，却洒满了幸福的痕迹，空气里弥散的都是甜蜜的画面。

而如今，只剩我一个人，一个人。再也回不去了，再也回不去了，这样的伤痛，这样的想念，会跟着我一辈子，直到生命的终了，方能解脱。

（二）

荷叶生时春恨生，

荷叶枯时秋恨成。

深知身在情长在，

怅望江头江水声。

《暮秋独游曲江》李商隐

江水里流淌的思念，绵延悠长。荷叶生长出来的时候，是相逢的时候，可是偏偏相逢之后不久就是离别，于是春恨也跟着生长。荷叶枯萎老去的时候，恋人永远地离开了人间，秋恨也更加地旺盛。我深深地知道，只要我还活着，这情意就永远不会忘记。怅然地看着那江水，波涛滚滚，连绵不绝，忍不住痛哭失声。

还记得在那样美好的时节，我们初次相遇，你带着春风、带着笑容，走进我的世界，陪伴着我。那样的幸福，任何语言都难以形容。

两心相通，我读书时，你就坐在一旁悄悄地看着，静静地等着，不发出任何的声音，生怕打扰了我。看着你的样子，我忍不住笑了，牵起你的手一起去踏春，一起去享受着春日的美好阳光。来到河边，看那荷叶依然生长，翠绿的颜色很是好看，像极了你的笑容。

不久我却不得不离开一阵子，将要和你分别，那不舍、那痛楚清晰地回荡在心间。

再重逢的时候，你已然在病榻上，那苍白的脸色，完全看不出就是昨日的你，我的心被拉扯得千疮百孔。秋天了，那荷叶都已然枯萎了，你也永远地离开了我，曾经的那份笑容和纯真却一直刻在我的心底，挥散不去。于是我开始怨恨起这个秋天，是这秋天把你从我的身边带走。

我更清楚地知道，只要我还有口气在，我就没有办法忘记。当我一个人重新在这江边游览的时候，看见那荷叶，我就想起你，忍不住痛哭失声。这便是李商隐和荷花的故事。

　　（三）

　　那情感绵延悠长，犹若江水；那思念真挚生动，犹若江水。江水之中生长着荷叶，春去秋来，依旧是那番翠绿模样，只是当年的人，已然不在了。

　　曾经接触过这样一对夫妻，男人对女人呵护备至，女人的一生都没有进过厨房，没有做过家务。直到男人去世，她竟然都不知道花生是有壳的。这要怎样的呵护，才会如此不知世事。

　　男人离世之后，女人的身边就只剩下眼泪。当她每做一件事的时候，就会想起男人，就会哭着说起男人在的时候，自己是怎样地生活。而如今失去的不只是那个能照顾自己生活的男人，更是一个愿意用一生来呵护自己的人，怎么能不想念、怎么能不疼痛？

　　这样的分别，犹如将自己的手臂生生地被拉扯开，眼前是一片血肉模糊的情景，心里是同样的这般景色。

　　想要割舍谈何容易，想要放下谈何容易，想要快乐谈何容易，谈何容易！

站在那个只属于自己的角落，将自己的一颗心偷偷地拿出来，细数上面的伤口，才发现，曾经有过多少快乐，如今就有多少想念的痛苦。

　　曾经的彼此拥有是多么平凡无奇的一件事，而如今却是奢求，不可能实现的奢求。

　　只能眼睁睁地看着幸福就这么烟消云散，即使再努力也无法挽留片刻，片刻也没有。想要忘记曾经两个人的美好回忆，只是那忘记却被不舍拉住，然后狠狠地推出了心房。唯一剩下的就是想念，不能停止的想念、与日俱增的想念。才明白，原来想念是会呼吸的痛。

多情却被无情恼

（一）

幸福到底是什么？为什么每个人都在追逐着它，而它却总是有选择地回应这追逐。其实幸福的本意何其简单。

幸福是每天太阳升起的时候，可以伸一个懒腰，赖一会儿床。幸福是起床之后的一杯牛奶，一顿早饭，一句轻声的问候，一声简单的道别。

幸福是不用居无定所地漂泊，有一个属于自己的空间，哪怕不大。幸福是工作的时候充满动力，精神抖擞。幸福是回到家里有一碗热气腾腾的米饭，有一盏为自己守候的灯，只为自己点亮。

幸福不需要很多的金钱和权位，幸福就是简简单单、平平常常。你问我一句"今天辛苦了"，我回答一句"还好"，然后两人相视一笑，幸福就在家里蔓延。

有这样一个家、有这样一个陪着自己的人，生活就是幸福的。即使那家只有几十平方米，那又怎样？不会因为空间的拥挤而显得不适，相反，幸福的感觉却可以更加浓郁。

说起来着实容易，但人们总有许多的无可奈何，不得不为了生活而忙碌，甚至离别。

而有些人，明明应该是幸福的，却无法满足自己的欲望，要得太多。于是幸福收拾起自己的包裹转身离开，从此再也没有出现。当发现自己失去的东西才是最珍贵的时候，想要挽回，但却为时已晚。

所以，可以拥有平凡幸福的人们，请好好享受这幸福的温存，请好好守候这个给你幸福的人。

(二)

花褪残红青杏小。燕子飞时，绿水人家绕。枝上柳绵吹又少，天涯何处无芳草！墙里秋千墙外道。墙外行人，墙里佳人笑。笑渐不闻声渐悄，多情却被无情恼。

《蝶恋花·春景》苏轼

春天已经过去了，花儿都褪去了红色，慢慢凋零了。这杏树上已经长出了青色的小杏子，燕子时不时地在天上飞过，那清澈的小河水环绕着村落里的人家。柳树上的柳絮随风飞舞，已经越来越少了，无须担心，因为转眼之间，天涯处处都会有芳草青青。

　　围墙的里面，有一位荡秋千的佳人。围墙的外面是道路，墙外的行人匆忙地赶着路，唯有一个多情人，侧耳聆听着墙内的佳人的开心笑声。可笑声渐渐淡了，逐渐安静了下来，心里有些失落，这多情的行人，仿佛是被那墙内的佳人伤害了。其实，也许佳人只是累了，回房间了。

　　这样的暮春季节，这样的匆忙的行程，那行人不得不加紧自己的步子。而此时围墙的那一边，那样充满青春气息的嬉笑，让人很是羡慕。她是那么轻松，春去的伤感与她没有一点的关系，也无须体会漂泊的苦楚，就这样地幸福着，真是一个没有烦恼的人。

　　而那匆匆的行人，却不得不面对颠沛流离的生活，不得不时刻忍受着分别的痛楚。同样的空间下，完全不同的人。看似没有任何的交集，其实暗藏玄机。这行人在羡慕着佳人，也在憧憬着未来，有一天，自己也能有这样的生活，可与佳人花前月下，相对共饮。他就这样，带着最美丽的期待前行。

（三）

一首婉约的词，在东坡先生的笔下会格外地豪放别致。"花褪残红青杏小"，花儿是落了，但是杏儿已经微微长成，即使是伤春，也有希望，因为有果实、有未来。

似乎看来这首词无关爱情，只是对美好生活的一种向往，但人们总是喜欢延伸，延伸到爱情的身上，总以为爱情是亘古不变的美丽的话题。于是，那一句，"枝上柳绵吹又少，天涯何处无芳草"被我们不断地引用着，开解那些为情所伤的人。

解释起来，也变成了就算是分手了那又怎样，天涯到处都有适合自己的人。这也是我们解释洒脱爱情最常用的话，分手就分手了，那又怎样！还有那么多的人，在等着我去选择，我的世界不只是一个你。

这样看来，这句话倒是很合现代人的心态、现代人的高傲。不再讲究什么从一而终，什么非卿不娶、非君不嫁。这个世界，清楚地告诉我们，没有谁地球都会依旧不停转动，太阳也同样会照常地升起。

除了眼前的这个你，还可以有许许多多的人是适合我的，我的选择还有很多，不是非你莫属。

我们也这样劝失恋的人，告诉他即使眼前的人不懂得珍惜你，不代表没有一个懂得珍惜你的人存在。也许下一个路口，也许下一个转身，就会遇见，这就是神奇的缘分。

所以，就借着东坡先生的话，天涯何处无芳草！不要伤怀离去的，抬眼望去，也许就有那么一株专属于你的芳草，请你一定珍惜，珍惜上天的恩赐，珍惜来之不易的缘分。

你要时刻记得最朴素的道理，顺其自然，懂得珍惜，是真正的幸福之道。

第六辑

Chapter · 06

把酒轻酌，才子叹息了无常

举杯消愁愁更愁

（一）

有时候思念不只是在于恋人之间，更多的也存在于朋友之间，一样纯粹的不舍，一样纯粹的想念。

毕业的日子，那些分别的歌曲总是百听不厌，听着听着就会默默落泪。"情难舍，人难留，今朝一别各西东。"这一首老歌浅唱的浓愁，所有曾经相遇的人，都不得不走向分别的路口，奔向各自的人生。

尽管时过境迁，尽管多年未见，但是每每听到那首歌，都还是想起曾经的岁月，想起那时的感动。岁月中，我们不能避免这样那样的分别，你走或是我走，你留或是我留，但却不是同时，只是这又有什么关系。只要彼此偶尔会想起，想起对方的笑容，记忆中的永恒的笑容，这也就足够了。

这就是朋友，这就是友情，它从不要求时时刻刻，却也是别样的天长地久。至少在彼此的记忆中，永远都会深刻着对方的样子，是年轻时候最美好的样子，是未经过风雨洗礼的稚嫩样子！

即使分别的时候，彼此的生活都不尽如人意，但生活总是要过的，时间总是会走的。只要心中有一份坚持，总会看到那风雨之后灿烂明媚的太阳，那五彩斑斓炫目美丽的彩虹。这就是人生，总是有苦有甜、有得有失。道理俗套，却字字有真味。

仰起笑脸，感谢岁月，感谢苦难，感谢经历过这一切之后，一直有相互陪伴的朋友。

（二）

弃我去者，昨日之日不可留；乱我心者，今日之日多烦忧。长风万里送秋雁，对此可以酣高楼。蓬莱文章建安骨，中间小谢又清发。俱怀逸兴壮思飞，欲上青天览明月。抽刀断水水更流，举杯消愁愁更愁。人生在世不称意，明朝散发弄扁舟。

《宣州谢朓楼饯别校书叔云》李白

昨天的时光已经离我远去，无法挽留了，今天的烦恼却接踵而来，扰乱我的心神。大风起万里，送着那秋雁南去。这样的情景，正适合我们登上高楼，举杯畅饮。你的文章颇有建安风骨，而我的诗词也像谢朓的诗词一样清新秀丽。我们都豪情满怀，壮志激扬，流动的神采想要飞上那高高的天空，去采摘皎洁的月亮。

楼前的溪水，用宝剑去砍，那水不但没有断流，反而更加急促了。我举杯痛饮，想要消除我内心的忧愁，却不想愁绪反而更加地浓厚了。

人在仕途是这么地不如意，还不如干脆明日就披散了头发，乘坐一叶扁舟，江上自在，畅游人间。

李白和李云都是当时的文学大家，两人那种惺惺相惜的情意，不是言语所能说得完全的。两人都刚正不阿，所以难免受到排挤，尤其是恃才傲物的李太白，更是受到这样那样的刁难。

而时局，却不是那样的自由，李白心中的无奈和苦闷，不是三言两语，而是无穷无尽，就像砍不断的水流，越发凶猛。

此时与友人别离，站在那谢朓楼上，感慨良多，改变不了的官场，改变不了的漂泊。这样的生活，还不如放弃，也许放弃之后，便会得到一片广阔天空，可以自在逍遥。

（三）

既然明知道改变不了，何不彻底地松手放弃，寻找另一番生活的快乐？这不是躲避，是适时地选择。

既然没有能力抗争，那不如绕路而行，让自己乐得轻松。当然这不是消极地让人遇到困难的时候放弃，另寻出路，只是在力所不能及的时候，适当转换一下自己的方向，既能轻松应对，又不用同流合污，为何不可为之？

这首诗饯别抒怀，那么送别的人们，自是有着两行清泪。只是李太白的送别不只是眼泪心酸，更有豪情万丈，更有对友人的肯定与欣赏，那赞誉和了解是真正的朋友才有的体会。

如今分别，分别不会改变彼此的情意，即使此生不再见面，那想念也会绵延不断。只是与爱情不全相同，这样的想念，不是时时刻刻，却总是出现在不经意间。

不经意地看见彼此的书信，不经意地看见彼此的画卷，不经意地看见彼此的礼物……就是这样的不经意，把思念的那一池水扰得混乱，不能平静。

朋友的想念，会想念那夜半时分的举杯邀月；朋友的想念，会想念那闲暇时光的相约游玩，那欢乐、轻松、悠然、自在……时刻萦绕。

分别时，不必说难过，只一个眼神，就可以带着彼此的想念踏上征程。只一个手势，就可以带着彼此的不舍，踏上旅途。

人生分别总难免，让我们轻轻地祝福，祝福所有的分别。分别是为了那更美的重逢。

春心莫共花争发，一寸相思一寸灰

（一）

尽头，何处是相思的尽头？

那大朵大朵的白色的荼蘼花开得那样美丽脱俗。它有着自己高贵的灵魂，却又是春之将去的象征，离别的象征，失去的象征。

爱到荼蘼，失落伤感；相思到荼蘼，百转愁肠。终是得不到，终是空思念。

末路之花，末路的相思，末路的情感，追不上时间，留不住过往，看不见眼前，牵不到双手。所有哀伤的情感聚拢在一起，便也只能这样空洞地不着边际地思念着。当思念慢慢沉浸在心里，深深地扎在心里又化为灰烬，又从指缝间流去，抓也抓不住，留也留不下。

被锁在深闺的女子，被那束缚困住的女子，在那个无望的年代，在那个恪守陈规的年代，爱着一个人，却终是不得见。也想过要冲出家门去寻找却又不能，只得无奈、叹息，在这样的一个阴雨绵绵的傍晚时分，那思念之情更加深切。只是期盼之后，跟着是无尽的失望。

踱步窗前，窗外的细雨纷飞不断，雷声也跟着响起，这就是那女子的心情，就如同这天气，那么地湿，那么地伤感。

想起书中见过的故事，悲喜不定，还是不由得让人泪水涟涟。仿佛是哭泣那不与人方便的天气，哭泣那怎么也得不到的爱情和即将烧尽的相思。

别人的故事总算是有个交代，而伤心人只能对着没有月亮的天空空叹息！

（二）

飒飒东风细雨来，芙蓉塘外有轻雷。

金蟾啮锁烧香入，玉虎牵丝汲井回。

贾氏窥帘韩掾少，宓妃留枕魏王才。

春心莫共花争发，一寸相思一寸灰！

《无题》李商隐

东风飒飒带着那蒙蒙的细雨一起飘来，芙蓉池塘的外面也传来了阵阵雷声。春天是到了，可是天气和心情却都是阴霾的。

夜色朦胧，蟾状的香炉里面放好了的香块正在燃烧着。玉石的虎状的辘轳跟着井锁待在井里。这本是一个约会的好时候，我却等不到我的心上人。

贾充的女儿在帘后看见了美貌的韩寿，将西域异香赠送，使韩寿明白自己的心意，却被父亲发现了，父亲成全了这对有情人；曹植喜欢甄氏，但是曹操却偏偏将甄氏嫁给了曹丕，甄氏死后，请曹丕把自己的玉带金镂枕转交给曹植，曹丕照做了，曹植无限感慨地拿着那一片深情，有情人终是生死永隔。

人人都有一颗向往爱情的心，但这心思切莫要和春天的花朵争荣竞发，所有的相思都燃尽化成了灰。

阴霾的天气，失落的心情，就如忧伤的爱情，总是等也等不到，争也争不来。看着那过往的爱情故事，也都是有喜有悲，羡慕那贾充之女；却也同情甄氏和曹植，明明相爱，却不能相守、不能相伴，这是何等的无奈。就像我的爱情，相思已然开始燃烧，可是还是迟迟等不到我要等的人。

我等的人怎么还没有来，难道一定要让我的相思都化成灰烬！相思随风飘去，灰烬随风散去，我又如何自处。

爱，不能相爱的爱，却不得不无奈地收场。恨，不能忘却的恨，却没有办法不去埋怨命运的无情。

（三）

"对不起，我爱你"，似乎是一句最悲哀的离别词。"对不起，我爱你，又偏偏不能和你在一起。"

人生真的如戏剧一般波澜起伏，前一秒还是恩爱的恋人，下一秒就可能永远地离别，再也不见，而不见不是因为不爱，而是因为不能。不能就是横亘在两人之间的阻碍，就如银河隔着牛郎和织女一般，任你再怎么反抗也终是没有结果。

情殇是情的伤害，最是难以抚平。那是一生一世都会留在心头上的疤痕，别人都看不到，而自己却是时刻感受着，这算是最残忍的折磨，没有终了的折磨。

相思成灰，相思又如何真的成灰，能够烧尽的思念，岂是思念！能够燃尽的相思，又岂是相思！一声叹息，一生无望，只能苦苦地挣扎，进退维谷，到头来伤的都是自己。

六月，又是离别而伤感的季节，那一批又一批走出象牙塔的年轻男女，面对的正是这样的离别。即使彼此心中是最纯洁的爱，但面对现实，却又不得不放开彼此的手。理想和现实，理想和爱情，现实和爱情，交织在一起。多年以后，你会忽然明白：选择什么你就会失去另一些；你失去了另一些，同时你又得到了一些。

得失方寸间，问问自己的心，什么才是自己最重要的，而后勇敢争取，莫作荼蘼。

愿君多采撷，此物最相思

（一）

红豆，那一颗血红色的豆子，是一片炙热的深深情意。

放在手心里，仔细地看着那红豆，怎么也想象不到它居然蕴含着那么深厚的力量，可以让人哭泣，可以让人断肠。

不知道是红豆的力量还是相思的力量，自古以来人们都说红豆就是相思，所以看到红豆自然地引申到情意上，不能不睹物思人。

雨后的空山，徒步地走着，没有人做伴却不觉得孤单。一个人正好，正好可以回忆一下自己的过往。

这一条路也是曾经一起走过的路，那时候年轻，那时候充满了激情，大家一路走一路歌。我们很随意地唱着，没有牵着手，却是彼此关照着。上山的路很是辛苦，大家却走得兴高采烈，这就是年轻人所言的浪漫情怀。

那时衣食无忧，没有各种的压力，最美好的大学时代，开始懂得享受人生的乐趣。志同道合的朋友们，或是登山，或是踏青，都是乐趣。

只是，许多人多年未见，仍旧有想念彼此的温暖。轻声祝福，朋友，愿你一切都好。

（二）

红豆生南国，
春来发几枝？
愿君多采撷，
此物最相思。

《相思》 王维

红豆是生长在南方的一种植物，你就在那里生活，春天的时候它发了几枝树杈呢？请你多多地采撷，这是最相思的物件。

红豆的传说很凄美，古时候有一个年轻的女子，她深爱着自己的丈夫，可是丈夫却不幸早逝。女子一直坐在树下哭泣，一直哭泣，直到自己的生命也因此终结了。第二年，这树上就长满了红色如眼泪一般晶莹剔透的果子，人们称之为红豆，也作相思豆，借以纪念那个深情的女子。

而相思之情，我们说并不仅仅只是男女之爱情，它可以更广泛，包括朋友之间的想念之情，王维和李龟年就是这样的好友。

天宝之乱之后，李龟年在江南，经常会唱起《相思》，听到的人都会深受感动。一首歌之所以感人，是因为歌者在演唱的时候把自己的感情全部融入进去，唱起《相思》，想起故人。想起故人醇厚的友情，想起故人真挚的叮咛。往事一幕一幕地浮现在眼前，昨日的繁华喧嚣，今日的落魄孤独，都是鲜明的对比，怎能不回望、怎能不想念？

那一年，你我一起坐于游船之上，江上的微风吹过，吹过你我的脸庞，彼此的眼中都是笑意。曾经一起度过的青葱岁月会是一生最值得珍藏的回忆。

你送我远行，我们的心里都很是苦闷，却都不说。你叮嘱我，要记得想你。我笑着说一定，一定想你。

你就那样笑了，在我的记忆深处，永远保存着你的微笑，无论多年之后，我们的境遇各自如何，都不能忘怀。

（三）

这种相思情长，不是男女之情，却是兄弟之爱。友情真是一个奇怪的东西，让人回忆起来那么感动，内心涌上的或是寂寞。知音人早已不在身边，或是酸楚，一定是思念在心中作怪。

久而久之，王维的相思变成了人们口中的爱情相思，仿佛那思念会随着春发秋长，不断地长大一样。是愁苦，是惦念，其实都不重要，只有偶尔会想起，想起一起度过的日子便是值得了。

时光匆匆地流逝，一转眼已经过去那么多年了。一个人走在风里雨里，多怀念那个曾经陪着自己一起淋雨的人。也许那时的日子虽不是最完美的，但是回忆起来，却有别样的精彩，只因为有你相伴。

曾经的凌云壮志也许都随着时间的转移慢慢地冲淡，但是时间不会冲淡友情。曾经有过的默契，只要一个眼神、一个动作，就能明白彼此的心意。即使时间转变，情景变幻，也不会改变彼此记忆中的模样。

其实记忆中，何尝不好？一别之后，经年不见，在彼此的心中眼中都还是原来的青春气息，不能忘记，不能代替，不像整日黏在一起，一起慢慢变老，生活的琐事堆积，也许真的改变许多。这样看来，分别其实是成全，成全彼此心中的那份完美、那份青春，而这完美的代价就是相思。

爱情如歌，友情似酒，一个是要唱得嘹亮才动人心魄，一个是要经过多年发酵才更加醇香。

无论是友情还是爱情，都需要一个有心的人珍惜，只有珍惜才会带来最美的一切。

酒入愁肠，化作相思泪

(一)

乡愁是一缕青丝，牵着家和自己的心；乡愁是一阵微风，吹过自己所有的思绪。

身在异乡，心里说不出的滋味，那是想家的情绪在作怪。想家不只是想念那红砖绿瓦，不只是想念那舒适环境。更是想念那一种踏实的、安全的、不再漂泊的感觉，终于可以停止流浪的脚步。一个温暖的小窝，可以哭可以笑，可以做自己，无须掩饰，这就是家的感觉。

即使是要远走的船，也都会渴望可以停泊的港湾。即使注定马上又要踏上征程，却还是依恋着，依恋着家的味道。

家，就像一把可以在下雨的时候撑开的雨伞，为你遮风挡雨，给你安全的依靠。谁会不想要有一个家，可是总有许多的人，因为各种关系不得不离家远走，或是奔波旅途，或是定居异乡。

久居在外的时候你会发现，有的时候你想念的是那街边小吃的味道，或者是那院子里不知名的小花的香气。这些以前看来再平凡不过的东西，当你在异乡，在不可能尝到的时候会有一种特殊的渴望。

有时候一首家乡的小曲也会勾起你无限的思绪，就是想念。直到你再度回到家的怀抱，看到你思念着的人儿，听着那温暖的话语，心里的那一层冰霜会慢慢解冻。向你透露消息，秋天是来了，冬天也来了，可是春天跟着它们的脚步，马上也会到来。

（二）

碧云天，黄叶地，秋色连波，波上寒烟翠。山映斜阳天接水，芳草无情，更在斜阳外。黯乡魂，追旅思，夜夜除非，好梦留人睡。明月楼高休独倚，酒入愁肠，化作相思泪。

《苏幕遮》范仲淹

这样的一个秋日，一抬头看见天上的云儿变成青翠的绿色，地上的叶子已经泛黄，波光粼粼的水面看起来烟雾迷蒙。夕阳西下的时候，远处的山沉醉在夕阳的光环之下，举目望去，水天相接，绿草蔓延，仿佛到了天的尽头，似乎比那斜阳看起来还要遥远。

我忽然想起家，一个异地漂泊的旅人，黯然销魂，那旅途上的愁思。每天晚上都会想念着自己的家乡，除非是睡着了，才能暂停想念的脚步。明月下的高楼千万不要一个人靠在那边看风景。我举起酒杯，想要洗一洗我满腹的愁肠，却不想，全部化作了相思的泪水。

范仲淹写这首词的时候正出任陕西四路宣抚使，主持防御西夏的军事。时值深秋，秋风瑟瑟，尽显萧条，许多守在边疆的将士们不禁想念起自己的家乡，想念起自己的家人、恋人。范仲淹也正有此一感，于是写了这首词。

他在诉说着自己的想念，也映照了别人的想念，那些守卫边关的青年将士们，不得不放弃家的温暖保卫大宋。这样的情愫高尚无比，却也不能因此而削弱那思乡之情。

一个平凡的秋日，一个想家的秋日，那样的情愫在胸口沉淀，却不是酝酿美酒，而是苦涩的乡愁，浓浓地挥之不去。

一个人独自站在高楼处，凭栏远眺，看着那平日再常见不过的景致，此时在心里的滋味全然改变了，都充满了悲伤的色彩。那悲伤深入骨髓，让人不禁唏嘘，不能自拔。

（三）

乡愁，美丽得如秋天的阳光，虽然总是带着说不清的哀愁，却是那样地温暖，想起家，温暖了自己的一颗心。

第一次品尝思乡的情绪，那是到南方读大学的时候。那个时候意气风发，总觉得是在摆脱家的束缚，张开自己稚嫩的翅膀，可以翱翔天边，无忧无虑，无牵无挂。

但是当自己真的走出去的时候才发现，原来那么容易染上想念的愁，看着父母远去的背影，眼泪就打湿了眼眶，思念开始滋长。

一个人得意时、畅快时，也许不会想起家，但受到伤害的时候、生病的时候，就会想家。想念自己床上的枕头，想念妈妈做的红烧肉……想念只是因为一种感觉可以让自己的心里有一片光亮，有一丝温暖。

时间从手心中慢慢划过，几经漂泊之后终于回到家。回家的感觉是放松的、是舒适的，甚至连空气中都带着喜悦。

有爱的地方就是家，有着关心自己的人，有着自己熟悉的环境，相依相伴的生活，这也是大多人向往的。

在一开始的时候，这样的生活就是可以选择的，那时却不知道思乡是什么滋味，于是硬要自己闯，直到摔得头破血流才发现，还是家最好。

经历过更懂得珍惜，所以好好珍惜身边的亲人。思乡的人转告那些在家里幸福的人们，请好好地过每一天，善待身边的每一个人，也许有一天他们都会成为你想念的对象。

天涯地角有穷时，只有相思无尽处

（一）

离别的情愫最为伤人，那感觉就像是在和幸福做着倒计时的游戏。细数着时间，等待着离别。所以送别也是一件伤人的事情。

相爱着的两个人，一起来到那月台，无论谁送谁都是说不尽的无奈和苦楚。

曾经的一切幸福都在交织着，交织成一张网，将自己的快乐紧紧地装在里面，然后束紧袋子的口，告诉你幸福暂时被收起来了。而重新开启幸福的钥匙，就是恋人的微笑，可是恋人偏偏却要远行。当他/她迈开步子的时候，一颗心就跟着那车子拉扯着。离别，原来是这般撕心的痛。

渐行渐远，一颗心也被分成两半，但却不是平均的两半，只给自己留下了维系生命的细小部分，其余的都跟着恋人一起远行了。

曾经的家，原本都是两个人的踪影，如今形单影只，到处都是恋人的影子。

黄昏惹来了夜晚，这春季的夜晚显得格外清冷，内心的寂寞无法言语。想念不是因为寂寞，而寂寞却是想念的结果。

床头的钟表始终嘀嗒嘀嗒地走着，窗外雨霖铃打湿了一地落花红，就如我的思念，铺了整整一地。

（二）

绿杨芳草长亭路，年少抛人容易去。楼头残梦五更钟，花底离愁三月雨。

无情不似多情苦，一寸还成千万缕。天涯地角有穷时，只有相思无尽处。

《玉楼春》晏殊

春天杨柳依依焕发着生命的气息，在那古道长亭里，这是女子和她的恋人暂时休息的地方，也是两人即将分离的场所。女子泪眼蒙眬地看着即将远去的恋人，一时间哽咽得说不出任何活来。

夕阳无残红，夜幕已然降临了大地。辗转反侧，那女子怎么也睡不着，很久很久以后才进入了梦乡。但五更的钟声响起了，女子被惊醒了残梦，只好收拾情绪，又一次进入无边的思念之中。

望向窗外，三月的细雨带着春风敲打着那花儿，花瓣似乎是撑不住这细雨春风的洗礼，带着那不舍、那离愁，纷纷地飘落在地上。

有的时候甚至会觉得无情其实也是好的，至少不用受这样的折磨，一寸一寸的芳心，转眼化成了千丝万缕，带着离愁别恨，蔓延到天涯海角的尽头。天地是有尽头的，然而相思，在离别之后就会与日俱增，不会削减，无穷无尽。

一个女子送自己的恋人远行时，原本希望恋人一步三回头，可是恋人却走得坚决，心里有些许的失落，但却不会影响思念生长。

相思是从离别的那一刻开始，他还未转身，思念就浮上眉头，慢慢地占据整个心房。

（三）

送别的时候，是最心酸的时候，眼看着恋人离开，却没有

144

任何的能力挽留，那遥遥的归期在何时？那深深的内心的创伤跟着形成，无计消除。

看着女子埋怨自己的恋人走得太容易，不曾回头看自己一眼，不禁想要为那恋人辩白。其实不是不想回头看，只是不能，生怕那一个回头就动摇自己离去的信念。

昨天的两人相偎依在一起，看着美丽的夜空互相诉说着自己的心事。今日就分别，如何敢回头张望？看到那一双带泪的眼睛，会不舍、会不忍，更会心痛得无以复加。所以只好决绝地走。这看似轻易的离去，其实却是加了许多努力、许多克制。无论是离别的人还是送别的人，心中都充满不舍、浓郁的情感味道。

而现代人的离别，想听声音的时候，可以打电话，相见面的时候，可以视频。但是想拥抱的时候，却只能抱住那孤独。方便快捷的通信手段并未能给予人们情感的慰藉，而是更掏空了人心，填满了寂寞。

匆忙的行走，不可避免的分别，使得人们不再有那么多泪水，也不再孤枕难眠或是和朋友一起消磨时光，或是找一部电影看到睡着。

麻木的离别使许多的情感被冰封，准确地说是闲置了起来。似乎动不动就哭泣只会给对方造成困扰，只会让对方觉得自己无理取闹。奔忙与追求占据了思念的空间。是人们更加理性还是内心的情感缺失？其实，生活的美好在于它的丰富多彩，而相思，则是一颗多味的枣子，不同的人咀嚼，会有不同的味道，或是酸涩，或是甜蜜，或是惆怅……在宁静的时刻，拾起遗落的心底的相思情愫，想一想那个人，想想那件事，心头将会爬上别样的幸福滋味。

春满凝香，柳絮轻舞了飞扬

本来情深，奈何缘浅

（一）

穿过跌宕岁月，蹚过梦幻天真，我们都渴望一份爱、一份合适的爱。和一个合适的爱人，在荣盛的年华里相逢。你红粉娇俏面若桃花，他风流倜傥温文尔雅，你未嫁，他未娶。彼此轻轻执手，走一段静好岁月，过一世安稳人生。

如此相逢，必定是此生的万幸。就像张爱玲说过的，于千万人之中，遇见你所要遇见的人，于千万年之中，于时间的无涯的荒野里，没有早一步，也没有晚一步，刚好赶上了。那也没有别的话可说，唯有轻轻地问一声："噢，你也在这里？"一声轻唤，透着浓情，那会是今生最美的故事。

美好的愿望总是幸福的幽境，可偏偏红尘多苦，花好月圆的故事自古难全。于是，生命与时光交错，我们懂得了另一种滋味，染上了另一种情愁。

早一步："君生我未生，我生君已老。"

晚一步："还君明珠双泪垂，恨不逢君未嫁时。"

今时，你是否遇见刚刚好的爱人？

（二）

遗憾和错过的故事始终都在上演，于是，双行泪不断重流，一首诗被反复吟唱。

君生我未生，我生君已老。君恨我生迟，我恨君生早。君生我未生，我生君已老。恨不生同时，日日与君好。我生君未生，君生我已老。我离君天涯，君隔我海角。我生君未生，君生我已老。化蝶去寻花，夜夜栖芳草。

这是一首无根的诗，被发现于唐代铜官窑瓷器上，无名无主。于是便成了一个历史的谜，在幽幽岁月里沉淀出了雅韵。于时光深处，静静浅吟着两个人的痴心情事与古人的无奈情愁。

这一首诗文里没有一个生僻的字眼，却是涓涓流淌着深情。没有任何刻意的描摹，却有无数画面在脑海中掠过。那也许是某位佳人花间刻骨的爱情，也许是某个才子的挥泪泼墨的姿势，或许是半开的桃花扇面，又或许是女子们轻哼着这首里巷歌谣……

那些不同的人生图景，却氤氲着同样的情愁。因为，"君生我未生，我生君已老"，所以"我离君天涯，君隔我海角"。时光交错出了一段感情和一段遗憾，从此便有了天涯与海角的距离，此生到不了。

生命无奈，百感交集，便化成一种浓愁，悲伤而荒凉；也是一种美，短促而绚烂。

其实，再多的感慨，说到底，都不过是情和缘的故事。

（三）

缘分并非是能刻意所为的事，我们始终坚信在这个世界上总有一个人是等着你的，不管在什么时候，不管在什么地方，总有这么个人。它会像风雨般，在某日到来，或温柔绵绵，或激越狂野。你只要自然地生活，无论缘分深浅，它总会到来。

然而，不幸的是，有些人欠了前世的许多时光债，所以，今生的他迟到了许多年。时光是倥偬的白驹，在刚懂爱的时候，带走了他的锦绣年华。

那些消失了的岁月，仿佛隔着一块积着灰尘的玻璃，看得到，抓不着。

只能眼睁睁看着岁月载着他离去，然后从此再也无法期盼。

他会在熟悉的那个角落出现，只能反复轻吟着："君生我未生，我生君已老。"

爱来了，却缘尽了。就这样在错过和遗憾的故事中常常上演。所以现实世界里，不乏"恨不逢君未嫁时"的遗憾与纠葛。

那么，当爱情相见恨晚时，你是否能简单地说一句"哦，她比你先到"吗？于是，这样的遗憾和纠葛，往往成为了情感越轨的推力。

许多人悲伤地耸肩说无可奈何，其实还是可以选择的。

"还君明珠双泪垂"，将这一段因时空的交错而酿成的遗憾，变成永久的追忆。

这是一个难以忍受的痛苦悲伤的过程，但正如明明相爱却又不得不分离的恋人们，这又何尝不是美丽的邂逅！

纵然情深缘浅，爱情也永无绝境，你追不上错过的时光，却可以从容地停住脚步。爱过，错过，足以支撑整个曾经。有勇气的人必定能够在回忆和未来中都绽放最美的笑容！

愿我如星君如月，夜夜流光相皎洁

（一）

每个人心中都渴望着寂寞的时候有个人陪着，安安静静地看日出日落，温暖地度过百味人生。这样的渴望看似简单，但往往天不遂人愿，现实与渴望之间，总是相距甚远。

明天的路，是未卜之途；明日的情感，亦无法掌控。今时的景，有可能转瞬易变；眼前的人，也可能忽然就离开。其实人生与情感，就如同那二三月的天气，说变就变。纵使这一刻眼前看似平淡，而下一个步子，却有可能踏出万丈波澜。而每一个人，都不得不奔波于未来，承受苦痛，寻觅欢喜。

也许，你在此刻或未来尝尽离别，历尽苦难。但这一切却会将那幸福浇灌得灿烂。未来的某一天，奔波的人不需要再品尝这生命中的各色无奈，一定可以挽着那个最爱的人，生活在幸福的未来。

（二）

车遥遥，马幢幢。君游东山东复东，安得奋飞逐西风。愿我如星君如月，夜夜流光相皎洁。月暂晦，星常明。留明待月复，三五共盈盈。

《车遥遥篇》范成大

有车马的出现，则必然会开启一个离别的故事，这一首词则是由马车拉开的离别故事。是女子思夫的浓浓情愫，亦是每个经历过离别的人的共鸣感怀。也许，这茫茫人海中，能做这样一个痴情的女子，也是一种难得的幸福。

马车疾驰在那长长的看不到边际的大路上，只听见马蹄嗒嗒的响声。我的夫，要去那泰山的东面。我要拽住那秋风的衣袖才能追上你的脚步，向东再向东地追过去。

我多希望我是一颗星星，而你是那一片明月。这样，每个晚上我都能和你一起光亮皎洁地相互辉映。纵然那月亮有时候会被飘忽不定的白云挡住，而星星却自始至终明亮地守候着，也等待着，等着月儿的再次出现。期盼着十五月圆的日子，你和我一起，星月皎洁，相互照耀闪烁。

看着丈夫远去了，自己一个人孤单无奈地思念着。思念着那与自己恩爱的丈夫，远行到那离自己远得不能再远的地方，心里有说不出的悲凉，是不是可以真的追上自己的丈夫，和他一起远行。

答案却让自己很是失望，明明最初就是知道不可能追得上他的脚步，明明最初就是知道不可能跟着他同行，但在心里还是愿意给自己一个假设的答案，让自己带着一份希望。

于是对着月许愿，把丈夫当成是那明月，自己甘愿做那星星。可以是最不起眼的那一颗，即使是安静地守候着，也是满足的。因为可以看见自己全部的爱，自己全部的天空。

就算有的时候丈夫的想念会停滞，但是我还是可以不介意，可以一直保持这样的思念，直到我们再次重逢，相拥在一起。

(三)

坚定的想念，坚定的爱。这样的女子，我们会期望她是永远幸福的，只要她的丈夫懂得她想念的苦楚，就一定会珍惜她。

而女子这样心甘情愿地思念与守候，让人无法不动容，她就这样在想念中湮没了自己，心中只剩下挚爱的丈夫。

其实，每一段感情都需要两个人共同经营和爱护，在爱的过程中不要计较谁付出得多或少，爱本来就是无法计量的。如果两个人都在乎着付出的多少，那这样的爱，自是不会长久。也许，那根本就不是爱，还没有到达爱的境界。

爱一个人，是执着地思念着，是以坚固的心情等待着，无论他在想着什么，你的心里永远是在想着他。所有动人的感情都是源自一颗最真挚的心。

这样的离愁别绪，无法控制，无可掩藏，每天甚至每时每刻都在上演着，即使见惯了、习惯了离别，却还是没法抛下离愁。因为心底流淌着深深的爱，所以才不得不挂念离开的人。

因为爱着，所以不舍得分别；因为爱着，所以情愿化作一颗星或是一阵风。静静地守候在他的身边，看着他一切安好。

这便是爱，宛若清风拂面、无声无息，却让心倍感温暖；这便是爱，宛若大河波涛汹涌、澎湃激昂，却让人舒畅快乐。

欲笺心事，独语斜阑

（一）

分手以后的重逢，会是怎样的情景？也许彼此的身边都多了一个人，又或许只是你的身边多了一个人。这是许多人心中的难过与悲伤，也是古代一对才子佳人的情恨。他们深爱过，却只能远远对望，成为彼此生命的过客，成为彼此留不住的人。

她是唐婉，他是陆游。一段情感，让她一生都陷入伤痛，让他一世都难以摆脱悲愁。

曾经有过那么多的美好的记忆，我们手牵着手走在飘着柳絮的大街上，那时的你柔情似水，那时的我气宇轩昂。我们的手紧紧地握着，昭示着我们的幸福。我们相依相伴，几乎是寸步不离，我写字的时候，你会温柔地站在一边为我研磨，之后悄悄地守在一旁，这就是温存的幸福。

然而转眼我们已经分别不知道多久了，我再听不见你的叮咛，看不见你的笑容。如今这样的重逢，如今这样的照面，心里难免凄凉。

你挽着他，面容消瘦地向我走来。一个恍惚，我几乎认不出那是曾经的一个你。你也是一个愣神，想不到会遇到我。

这样短暂的四目相对，我才知道，离别之后思念的人不只是我，还有你。我们就这样无奈地被分开，而后疯狂地彼此想念，在想念的折磨下，你我都变了样子。

多想再牵一牵你的手，多想再闻一闻你发间的味道。可是这一切都已经变成了奢望，这一切都已经变得遥不可及。

于是我叹息，于是我的内心抽泣着，你怎样？不过也是和我一样罢了。

（二）

红酥手，黄滕酒。满城春色宫墙柳。东风恶，欢情薄，一怀愁绪，几年离索。错，错，错！春如旧，人空瘦。泪痕红浥鲛绡透。桃花落，闲池阁，山盟虽在，锦书难托。莫，莫，莫！

《钗头凤》陆游

故人的重逢自是会勾起无数曾经的回忆，或喜或悲。

那时候的你，娇美的玉手，频繁地为我斟着那美味的黄滕老酒。满城都是春天的景色，那宫墙上的垂柳已经发了新芽，那么青翠。东风多么可恶，把一怀的欢情吹得所剩无几。手中那依旧盛满了黄滕美酒的杯子，依然闻不到诱人的香气。几年的离别生活，过得很是落寞。想起往昔的一幕一幕，只能叹一声，错！再叹一声，错！仍叹一声，错！

春天的景色依旧是那么美丽，只是你消瘦了许多，再也看不到曾经的光彩。你的泪水把脸上的红妆都弄花了，手中的手绢也已经湿透了。

娇艳的桃花依然凋落在没有人烟的池塘和阁楼上，虽然我们永远相爱的誓言仍然在彼此的心中，但是那可以寄托相思的书信却再也无法送到彼此的手中。又想起那往昔的一幕一幕，只能叹一声，罢了！罢了！

有多少错过的爱可以重新再来，有多少错过的人可以重新牵手。而如今眼前的你、眼前的我，都受着相思，都爱着彼此，却不得不看着别人挽着你的手，从我的眼前一点一点地消失。我却无能为力，只能叹息再叹息。满心的疼痛难忍，满心的千疮百孔。

也怨恨过，但又如何？终是在选择的时候，无法两全。于是舍弃了你，也舍弃了自己。

（三）

陆游与唐琬这么相爱的一对情人，却偏偏被陆母反对，不得不分开。只是分得开人，却永远分不开那心，那两颗紧紧相爱的心。

陆游的一首《钗头凤》写出了自己的心境，看在唐琬的眼里，又会是怎样的滋味？

世情薄，人情恶，雨送黄昏花易落。晓风干，泪痕残，欲笺心事，独语斜阑。难，难，难！人成各，今非昨，病魂常似秋千索。角声寒，夜阑珊，怕人寻问，咽泪装欢。瞒，瞒，瞒！

《钗头凤》唐琬

陆游的错错错，唐琬的难难难，陆游的莫莫莫，唐琬的瞒瞒瞒。何其悲凉的十二个字！字字泣血，字字钻心。

唐琬就这么郁郁而终了，留给陆游一个永远无法忘记的伤痛。

于是想那陆母看着儿子如此地难过，心里又会作何感想，难道一对夫妻恩爱相随不好？难道一对夫妻兴趣相投不好？为何要做那东风，惹人怨恨的东风，让人无力抵抗的东风，为何？

时过境迁，每每读起这两首《钗头凤》也依旧感叹他们的不幸与悲伤。明明相爱，也明明牵手在一起发誓今生相伴永不分离，但却终是抵不过那东风恶的母亲，留给两人一生一世都无法忘却、无法削减的遗憾。

环顾四周，也看到不少这样那样的"婆媳大战"，写到这四个字不禁失笑，为何大战呢？因为中间夹着一个让两人都爱着的人，既然是都爱着的人，为何要让他左右为难、腹背受气？

如果你真爱一个男人，你会愿意为他忍受来自周围所有人的刁难。不是要迷失自己，而是因为这个人值得你这样地牺牲自己来付出。

而另一边，如果你是一个真心爱着儿子的母亲，那么请松松你的手，让他自由地去选择可以陪着他一生、给他一生幸福的那个女人。

无可奈何花落去，似曾相识燕归来

（一）

无可奈何，似乎已经是人世间最难以忍受的一种感觉。你看着心爱的人从眼前经过，却再也不能将她拥入怀中，是无可奈何，是疼痛难忍，是一种宁愿死去的感觉。

看着时间匆匆溜走，却无能为力挽留它半步，是无可奈何，是孤独的叹息声一次又一次地回响在自己的耳边。

看着原本属于自己的成就被别人轻易地摘取，却丝毫改变不了，是无可奈何，是悲愤难平，是无法压制的内心的咆哮，但却又仅仅停留在自己的内心。

生命中似乎不能避免这种感觉。人的一生总是布满了各种各样的荆棘坎坷，同时生命的河流不会为任何人、任何事而改变、而停留，它一直那么毫无顾忌地向前。即使你祈求，即使你哀求，它仍旧是无动于衷地按照自己的频率那么向前走着。

一个人的无助与痛苦，在这个世界或者说这个社会，都会显得那么地微不足道，你就是你，孤单单一个人，你的痛楚无奈，都将由自己来独自品尝消化。

这样的话或许残忍，但却很是现实，所以当无助的时候，请不要哭泣、不要祈求，因为很少有谁会愿意为了你牺牲自己的一切。而肯为你牺牲的人，也必定都是你舍不得他们牺牲的人。擦干眼角那没有干透的泪痕，勇敢地站起来，生活总是会继续，太阳会照常升起。

(二)

一曲新词酒一杯，去年天气旧亭台。夕阳西下几时回？ 无可奈何花落去，似曾相识燕归来。小园香径独徘徊。

《浣溪沙》晏殊

填一首新词喝一杯酒，和去年一样的天气、一样的亭台。这夕阳已然西下，不知道什么时候才能再度回来？我无奈地看着庭前的花开花落，那似曾相识的燕子又回来了。这花园的小径上，只有我一个人在独自徘徊。

是孤独在敲打着我的心房，那是一种说不出的伤春感怀，诉不完的无奈情愫。我只能安静地看着夕阳西下，等待着它的再一次升起时，我又会在做什么？举起手中的酒杯一饮而尽，不由得苦笑，此时的心境竟会是如此地凄凉不堪。

庭前昔日美丽妖娆的鲜花，都已经慢慢凋零没落。那粉红色的花瓣，随着清风离开那花枝，自由地在眼前飞舞，却不知道其实已经是自己生命的尽头，依旧绚烂自在地在空中上下摇摆。它的美丽，却反衬了我心底的哀伤，那么悲壮、那么凄凉。

那燕子是我以前见过的那只，或许只是相似的一只。它又回来了，在我的身边飞过。我看着它那么准时地往来于南北之间，心里不知道该如何感慨，聚散离合自有其轨迹，那是我改变不了的。于是我就在这样的小径上，默默地来回走着，不受时间、不受空间的制约，一步一步地来回走着，把自己那不明朗的情绪慢慢地燃烧殆尽。

这是晏殊的惆怅，一字一句都带着美而哀伤的情怀。

（三）

自古以来文人骚客总是悲秋伤春，他们更多是郁郁不得志，更多地被迫分别。这样的情绪在这样的一群非常敏感细腻的人身上出现，一点也不奇怪。他们的感觉总是比一般人多许多，似乎这花开花落都带着他们的感觉。

然而晏殊却是一个一生富贵、历任各级大官的人，那么他的愁苦之事从何而来？显然他并不是为自己而愁苦，只是每个人的生活总会有些许的无奈，纵使仕途一帆风顺、生活富裕，但还是难以逃离那种无奈的情怀。

也许你喜欢那春季绚烂的花草，却无计留春住！也许你会爱上一个和你身份地位都相差很远的人，或者当你摆脱了一切的束缚可以去牵起她的手的时候，她却悄然离去，不给你任何的机会。这都是命运的安排，任你家财万贯、权力通天也无法改变，所以留在心底的就剩下无奈。

正如流水从指间经过哗哗作响，你看着它想在手心留住些许，然而最后的一滴水也还是变成了水蒸气，消失在眼前。面对这些不可抗拒的事情，你又何必为难自己？

而曾经有过这样的一个人，静静地陪在你的身边，你却一直不愿意安静地与她相处。终有一日，她决绝地离去，不再为你掩饰自己的美丽，灿烂于人前。你被她的光彩再一次打动，想拥她入怀，她却嫣然一笑，消失在你的世界里。于是你无奈地讽刺着自己的不知道珍惜，却一切都为时已晚。

很多东西在离开的时候我们才会懂得珍惜，但大多数时候都已然来不及了，所以审视一下周围，好好珍惜我们曾经忽略的那些人和物。

多情只有春庭月，犹为离人照落花

（一）

月亮，到底是有情还是无情？月亮，到底是有心还是无心？其实，这个问题的答案应该是由人的心情决定的。就像看花，泪眼看花花也在流泪。其实，花又怎么会流泪？所有的景色不过是人心的一个渲染罢了。这样的一个人，他执迷于自己的旧梦之中，无法逃出现实为他设下的关卡，只能苦苦地守候回忆，每日每夜这样地任思念缠绕心头。

他曾经有过一个恋人，温柔美丽。他们彼此相爱，彼此吸引，然而这爱情却没有得到相应的支持，于是两人带着幽怨分开了。

那离别没有人能拒绝，没有人能反抗。他无助地看着同样无助的她，泪流满面对上同样的泪流满面。最后也只能深深地两两相望，然后把彼此烙印在脑海里、心尖上。春的风轻轻吹过脸庞，已然安静得没有任何色彩，看着春风离去，就如同看着她离开。之后，唯有任无涯的思念撞了满怀。

他心中还是隐隐期待着她的身影。可是，又一个可是，她仍是没有出现，满眼的期待变成了满眼的落空。这是多情人的伤心，多情人的痛。

（二）

> 别梦依依到谢家，
>
> 小廊回合曲阑斜。
>
> 多情只有春庭月，
>
> 犹为离人照落花。

《寄人》张泌

在生活里，多情人的故事，总是那样多彩。让人心醉，又让人心碎。一首《寄人》让我们看见了一个伤心人的心声。

与心上人离别之后，我的心情始终都处在无限的伤感中。梦中又一次来到了她的家中，那是我们曾经约会的地方。小回廊的栏杆底下，我一个人在那儿东张西望地寻找着心上人的影子，只是依旧找不到她，便不由得难过起来。只得叹息了一声，看来多情的只有那天上的春月了，还依然照着那满地的落花。

不知道到底是多情还是无情，睁开眼睛，眼前仍旧是自己睡前的情景。原来我不曾去过那个回廊，原来我不曾找过那身影，只是眼前的记忆却是那么深刻，有如亲手触摸一般真实。

窗外的落花零落一地，天上的明月依旧皎洁，原来这花这月竟不是梦。可是冰冷的夜晚，一颗冰冷的心，找不到人依靠，找不到地方取暖。我多想回到过去我们曾经相约的地方，看看你是不是还在那里等着我。只是我却不能回去，不能看见你。只能任由着思念把我的一颗心抽空，除了你什么都剩不下。

夜晚总是那么地安静，人们都陷入了沉睡，而我此刻还是对着月空。眼前不断闪现着我们相处过的一幕一幕，手牵着手在月下漫步，肩并肩在花丛中坐着互相诉说着情话……

闭上眼时，你的笑声还回荡在耳边；睁开眼，四周依然是寂静黑暗，找不到任何的希望。我叹息、我无奈、我孤独、我苦闷，我想举杯对月，我想有你相伴。酒樽就在桌上，却忽然没了兴致，不知何年何月，我们才能重逢。不知何年何月，我的思念才有个尽头。

（三）

张泌会写出这样的诗句，大概也和自己的经历有关系，也许他曾经有过这样的一个女子，两人相知相爱了，却最后没能在一起。准确地说是不得不分开，所以诗人有感而发，把自己的故事融入进去。而饱含着感情的故事总是动人的，也是最容易让人们在心灵上产生共鸣的。

人世变迁，让许多曾经相爱过的两个人，最后不得不分道扬镳，说不清楚为什么。明明是相爱，可是却摆脱不了所谓的阻碍。明明是相爱的，可是却放不开心中的羁绊。而那些当时看来，这样那样的变故是那么难以跨越，但是经过多年的风雨洗礼之后，忽然发现那所谓的阻碍，根本就是无所谓，许多时候只是自己的心不够坚定罢了。可时过境迁后，纵使心中溢出悔意，也终是错过了。

今时今日，我们的生活中既没有封建礼教，没有门第之见，若是真心相爱，还在乎什么呢？莫要若干年之后，彼此都有了新的家，再相遇的时候，忽然间的怦然心动，才知道原来忘记只是说说而已，根本就不可能忘记。

到那时又当如何自处？是忍受着相思之苦的煎熬，继续原有的生活，还是冲破家庭的束缚，两人重新走在一起？往前一步，退后一步，都是无尽的苦痛。

所以，在爱着的人们，一定不要轻易地放手。若是已然放手，那么便松得彻彻底底，即使再遇到，也请关好自己的心门。爱该随心，亦要无伤于他人。

第八辑

Chapter · 08

人面桃花，诗词迷醉了相思

曾经沧海难为水，除却巫山不是云

（一）

人生之痛莫若死别，生离虽是断肠，却有相见的机会。而死别却是永远的诀别，再也无法相见，再也无法相拥。即使在梦中，那不真实的泪眼蒙眬下，依旧是握不住岁月与你、与我的那种温度。

这样的诀别也许只是一刻，但是心中的伤痛却永远不会抹杀。一回眸一转身，四下里都是你的影子，却也不能见到你的笑容，流落到心底的痛楚似乎又翻了几倍。

踏破红尘路，看人世间的是是非非，没有什么人再能吸引我的眼光，只因我的心里完全的只有一个你，唯一的你。

爱过了，可有后悔？这样深切的爱，这样浅薄的缘，两者的结合狠狠地刺进了我的心脏，但是却没有后悔，而且永远不会后悔，因为爱过无悔。

即使眼眶里始终含着对你的泪，即使心底里始终留着对你的伤，却仍旧克制不住自己对你无限的思念，仍旧控制不住对你缠绵的爱恋。

在我的眼中，你就如那娇艳的玫瑰，永远需要我精心地呵护，我也愿意为你付出我所有的爱、所有的情。虽然这样的深情款款也不能阻止你枯萎离去，但我还是愿意守候着。守候着你在泥土里的根茎，守候着你那片片零落的叶子，只因为那是来自你的，你的一切都值得我这样付出的。

也许今后的日子注定是孤独的，也许身边会有越来越多的人想要走进我的生活，但是我会为你守候一份纯粹的感情，宁愿安静地享受那一个人的生活。在这样的生活里，慢慢地品味和你曾有过的点点滴滴。

（二）

曾经沧海难为水，
除却巫山不是云。
取次花丛懒回顾，
半缘修道半缘君。

《离思五首·其四》元稹

曾经见过大海的人，一定会认为江河湖泊的水都不能称之

174

为水了；曾经见过巫山云朵的人，一定会认为其他地方的云朵不能称之为云。或者说是见了大海浩瀚之后，江河湖泊在心里就已经没有地位了；见过了巫山美丽悠然的云朵之后，其他地方的云朵就难以入眼了。而我在花丛中来回，却不愿意为任何一朵花回头看一眼，一半因为修道，一半则是因为你。

这是元稹写给亡妻韦丛的诗，饱含了独一无二的浓情，其中的痴绝，让人艳羡。

见过你、和你相处过之后，就会觉得其他的女人都不能称之为女人，或者说她们根本没有办法引起我的兴趣，我的一生之中只能容纳一个你。唯一的你是那么美丽静好、那么善良单纯。所有美好的词汇都可以用在你的身上，一点都不为过。

我们的相处，往事的一点一滴都始终萦绕在我的心头，让我不能忘记，让我无法自拔，即使身边有那么多女子环绕，等着取代你的位置，我也不能对她们产生任何兴趣。

谁说忠贞只是女子对男子的行为，我也愿意对你忠贞不渝，一生一世把你当作唯一。即使你已经永远地离开了我，但在我的心中你却时刻存在，而且永远都不会消失不见。每个日出里，你都会陪着我一起看那冉冉升起的太阳，把天边染成红色。每个夜晚，你都会陪着我一起入眠，静静地手牵着手，走我们曾经走过的那一条幽静的小路。

（三）

岁月就像是一首无声的歌，低声地吟唱着美好的爱情，温婉地诉说着坚贞的思念。

多少女子盼望着能有这样一个夫婿，他优秀博学，气宇轩昂，善解人意。在两人的相处中他懂你，珍惜你。他的一颗心、一份完整的爱，全部都给了你一个人。即使有一天你先他而去，阴阳两隔，他也仍旧爱着你，不会让任何人取代你的位置。这样的痴情绝恋，让多少人羡慕不已。

所以，每个人都祈求上天给我们这样一份纯粹的感情，可以照亮自己寂寞的人生。

不只是在心里装着一个人，而是终生的唯一，甚至可以为她控制自己的欲望，这是多么坚贞的情意。

有许多恋人属于异地相恋，这就会有一个选择，若是男子愿意陪着女子回到她所生长熟悉的环境下定居，那么这男子一定是真的爱这女子。

他愿意放弃自己熟悉的环境，甚至自己已经成熟的事业，只想让她在最舒适、最惬意的环境里生活，这样的爱，无须怀疑。他为你舍弃的东西不只一点点，他为你忍受的寂寞也不只一点点。异乡异客，你就是他唯一的亲人，请好好地对待这个爱着你并且会一生都好好爱着你的人。

守得云开见月明

（一）

一见钟情，到底有多少人相信一见钟情？

有人说，一见钟情只是停留在最初的表面的认识，或许只是喜欢对方的美貌或是衣着，并不是深入了解了之后的确定情感。这种情感来得快，去得也快。

另一种人说，其实一见钟情也是存在的。这就是缘分的安排，两个命中注定的人遇到了，就那么一眼，似乎比相识许久的人还要相互了解，所以就爱了。这爱也是执着的、坚定的、纯粹的。

两者的观点，前者过于理智，后者则是完全出自情感，由心底而发。我们不能说谁对谁错，人也是不尽相同的。有的人，可以一见钟情之后相依相伴一生，而有的则是在短暂激情之后分道扬镳。

即使最终各自分开旅行，也不是一见钟情的错误，那个时候的情动，是发自内心的。或许有人说，喜欢的只是美丽的外表，而不是这个人。不禁要反问，外表不也是这个人的一部分吗？"以貌取人"虽然一直都不是一个很好的词汇，但是人与人之间最初的认识，却是从相貌开始。

第一眼不讨厌，或者说是喜欢，才会有接下来的深入接触，更喜欢，或是停滞不前。而那爱的冲动是一瞬间心直接发给大脑的，不是经过理智论证的，就是爱了，没有道理可以讲。

面对各种现实，爱了却不得不分开，于是开始疯狂地想念。这想念发自胸膛里那一颗灼热的心，殷勤地期盼着重逢。"重逢"，多么温暖的词语，等一个重逢却是那么难。

（二）

彩袖殷勤捧玉钟，当年拚却醉颜红。舞低杨柳楼心月，歌尽桃花扇底风。从别后，忆相逢，几回魂梦与君同。今宵剩把银釭照，犹恐相逢是梦中。

《鹧鸪天》晏几道

回忆总是那么地动人心扉，想当年，我和你初次相遇，你手里捧着那玉盅前来敬酒，你衣带飘飘、婀娜多姿，望着我。我竟不能言语，只有举起酒杯一杯一杯地喝下那酒，有些醉意了，面色红彤彤的，是为了你。

你翩翩起舞，那舞蹈多么地美丽，一直跳到那照在楼上的明月已经挨着树梢向下走去了；婉转的歌声，一直萦绕在耳边；手中画着桃花的扇子，已经都举不动了，不能再带来一丝清凉了。

自从那次离别以后，我总在期盼着能够与你重逢，多少次，你出现在我的梦里。如今我们真的重逢了，点起灯来我们坐在一起互相诉说着离别后的种种思念，我却觉得有些不真实。害怕担心，唯恐这还是我的一个梦。

如果真的只是一个梦，那我宁愿不要醒过来，只要继续这个梦，就能一直和你相约，一直这样互相倾诉着，多好。

你笑颜如花地告诉我，这不是梦，我们真真实实地重逢了。你将自己的手放在我的掌心，那温度清晰地回应在我的手心里，眼眶不由得几乎湿润。

这样的重逢，盼了多久了，我自己已经不记得了，终于再见了。再见的时候，你还是那个风姿绰约的你，我还是那个不善言语的我。最初的一见，最初的情动，我们彼此一直保持着这样的感动，直到重逢的那一刻，那想念才得到了片刻的休息。

（三）

这算是大团圆结局的爱情了，情动、分别、重逢。尽管在彼此分别的时候，难耐那相思的煎熬，但是最后还是重逢了，冲破了一切的阻碍，终于可以相对而坐互诉衷肠。

那女子只是一个舞女，而男子却是富家的子弟。他们一个坐在席间看表演，一个站在台上舞蹈着、歌唱着，两人之间的距离不只是一个桌子隔开的空间，而是天与地。她即使踮起脚也够不到他的生活，他即使弯下腰也挽不住她的双手。但是他们却在彼此相视一笑之间，情定今生并坚定地守候。

终于守得云开见月明，两人可以再次重逢，可以互相畅谈，几回魂梦与君同，每次都只是在夜里与你相见。终于等到那相遇时刻，心里的惊喜没有言语可以形容。心里有一波巨浪，波涛起伏不能控制；心里有一波潮水，反复跌宕不能平衡。

爱人的重逢永远是炙热的，永远是光芒万丈的，让人似乎不能靠近，让人几乎睁不开眼睛。那爱的力量惊人，也更加动人。它能把两个人的心紧紧地拴在一起，即使只是一面之缘，那心动，那不能忘怀，那日夜思念，交织在一起的就是爱，深深的爱。

这世间最美丽的情感，这世间最动人的情感，有起有落，有悲有喜，多好。回忆的时候，那灿烂阳光下的美好笑容就是幸福最深刻的印证。

重逢，有情人最期盼的故事。重逢，有情人最喜欢的字眼，重逢……

断肠人忆断肠人

（一）

春天，万物复苏，这样的季节好美。那一抹翠绿色，那一片淡粉色，那一片鹅黄色，那一片纯白色……一片又一片，交织的色彩，勾勒出无限的风光。

在那幽古前尘的花丛中曾有两个人深情对望，他们彼此的眼中只有对方。他们都明白这样相守的时间注定是短暂的，所以这样的两两相望也就格外珍贵。

转眼间，花谢花飞，那漫天舞蹈着的花瓣美丽得异常凄凉。春天正拉扯着她的衣裙看着他一步步地走远，远到只能看到一个模糊的背影。

女子的眼泪挂在腮边，几乎不能言语，也不敢呼唤，只能看着他走远，就像春天一样走出自己的世界。而他，也始终未能回头看她一眼。

他走了，春天就结束了。但他却不得不走，不得不离开，为了他肩上的那份责任。而她却连挽留都不能，唯一能做的就是在他走了之后，守着那份回忆，不断地思念、哭泣。

无力的想念，无力的哭泣，却始终改变不了任何事实。虽然他是让人崇敬的将军，但在她的眼中，他只是她的丈夫，是她的世界，是她的天。

也许，消瘦与相思是一对亲密恋人。转眼秋天又到了，这样日复一日地承受着相思之苦的折磨，她已经变了模样，不再是那个身材丰腴的女子，清瘦几许，苍白几许。

而这一切，都是为了想念，想念那个爱着的人。

（二）

自别后生死茫茫，更那堪深情许许。见杨柳飞絮滚滚，对桃花情思了了。透内阁香风阵阵，掩重门暮雨纷纷。怕战争忽的又战争，不销魂怎地不销魂。新蹄痕压旧蹄痕，断肠人忆断肠人。今秋，香肌瘦几分？缕带宽三寸。

《别情》王实甫

当思念在灵魂里疯长，便会在思绪里演绎出它的世界。

自从分别之后，我甚至都不知道你是生是死，心里何其悲伤，更何况我们之间还有那诉说不尽的深情款款。

看见窗外那柳絮纷纷，全是我的思念；对着那娇艳的桃花，全是我的思念。透过内阁的风，都带着香气阵阵，那虚掩着的重门外暮雨纷纷。最担心的就是战争又起，可是偏偏战争又起了。我的泪痕一层压在一层上，断肠的人儿在想念那个同样断肠的人。今年的秋天，我又消瘦了多少？那腰间的丝带宽了三寸。

将军的重任就是守卫边疆、保护家国，所以你的一生注定不能完全守候在我的身边。我明白，我理解，只是我控制不住自己的想念，控制不住自己的一颗心，那么执着地想念着，我的夫君、我的将军。

那边塞的风那么地狂暴，打在身上会很疼，我不在你的身边。那边疆的战事又起，你上阵杀敌，刀剑无眼，你可还好？我不在你的身边，你的生死我都未可知、未能见。

只能回忆着我们曾经美好的故事。曾经，我们在白天的时候相伴而行，或是我看着你舞剑，或是你陪着我游园；夜晚我们相拥而眠，你的心跳声，给我足够的安全感。这么简单的生活，这么真实的幸福，刺激着我眼眶的泪水又一次涌出。

（三）

这是王实甫描写将军妻子思念丈夫的一首诗。字字深情含泪，就像一幅婉约动人的画，画着美人的泪，画着断肠人的心。

每个人生来都会带着一份希望，慢慢地长大成人，就会承受不同的责任，家的责任、国家的责任。为了这个责任，每个人都要有相应的牺牲，守卫边疆的将军、守卫边疆的战士，他们的存在是为了我们更好地生活，他们的付出为我们带来安定和幸福，而他们却为了我们的幸福牺牲了自己的幸福。

他们的爱人、家人不得不因为他们的责任，而承受着分别的痛苦。即使这样的痛苦得到了我们的尊重，然而却不可以代替他们承受。

作为一个军人的妻子，时刻都是提心吊胆的，不知道什么时候丈夫就会离开，也不知道哪一次分别就会变成永别。

即使是在和平年代，也会有这样那样的扰乱和平的事件，军人们也会有各种的危险伴随左右，更何况是在科技并不发达的战乱纷争的古代？

将军的妻子思念着将军，将军自己也想念着结发的妻子。这么纯粹的感情，这样纯粹的思念，不仅仅是动人的，更多的是带给我们无限的感怀，还有无限的感谢。

为了责任，为了责任的分别，让我们送上最真挚的祝福与敬意。

断肠回首处，泪偷零

（一）

宿命的安排又有几个人可以抗拒？谁能想到只是平常的相处，平淡的日子，却会成为生命中最不能割舍的东西？这就是命中注定的爱，爱上了，忘不了。

窗外池塘边上杨柳依依青翠的绿色，那么诱人，看着就觉得心里舒服极了。那池塘里粉红色娇艳的莲花还没有完全地绽放，水面上微风吹过，泛起那涟漪，波光粼粼，闪得人几乎睁不开眼睛。

一片美丽的景色，却映衬着一个伤心的故事。

我就在这个时候遇见了你。我的热情，你的亲切，我们相处得很是愉快，只是转眼就到离别的时候。那池塘的莲花已经完全绽放，我习惯对人如此，你走的时候，我的心里却是说不出地难过，仿佛是在割舍着什么似的。顺手送你的礼物，希望你带走，同时也在心里期望着你走了，一切也就结束了，就如我送走过的那许多的人一样。

可看着你远去的背影，忽然那悲伤涌上心头，任我怎么努力都压制不住，只能由着它在胸口肆虐，痛得我几乎不能站立。你会记住我们相处的瞬间吗？此时我终于明白，忘记你对我来说已经是奢望了。

终于背过身，放眼望去，才发现今日的花开得那么妖娆美丽。这是我经常来的地方，为什么我从未发现它的美丽？直到今天才蓦然地发现了，却是在你离开的时候。我猛地转过身，逃也似的离开了这里。

不知道过了几年的时间，我都不敢出现在那里。终于我又一次来到了这里，莲花依旧开放着，柳絮同样飞舞着，唯一不见的，是你。

（二）

风絮飘残已化萍，泥莲刚倩藕丝萦。珍重别拈香一瓣，记前生。人到情多情转薄，而今真个悔多情。又到断肠回首处，泪偷零。

《摊破浣溪沙》纳兰性德

空中飞舞着的柳絮随着风四处地游走，落到水面上，化成了浮萍。那池塘中出淤泥的美丽莲花虽然很是刚劲果敢，只是与它不同的是那茎，无论何时都会是丝丝缠绕着，剪不断。离别的时候，我摘一瓣花瓣送给你，希望你能记住过去和曾经，我们一起发生过的种种。

通常人们都认为，一个人如果习惯了多情，那么他的感情也不会很深厚。而我现在很后悔当初的多情，又回到我们离别的那个地方，心里说不出地难受，竟然忍不住偷偷落泪。

多情的人总是习惯了四处留情，只是不知道哪一次会把一颗心全都给出去。那一瓣花瓣，带着我无尽的思念，跟着你远走天涯。我也原本以为你我的相遇会和其他人的相遇一样，短暂的，一切都是短暂的。可是谁知道，我为何却无法忘记你的样子。你的一颦一笑，你的一举一动，都深深地印在我的脑海里、心田里，挥散不去。

如今我又回到了我们分手的地方，清风拂面而过，我心里有一种说不出的滋味。只记得你手执我赠送的花瓣，笑颜如花，轻声地说了一句谢谢，之后就如浮云一般从我的眼前偏离。我忽然觉得眼眶"湿润"，蒙眬间你的手似乎在轻轻地帮我擦拭眼角的那一滴思念的泪水。

我不敢动，生怕惊扰了你，那么认真的你。又一阵微风吹过，我回过神来，才发现原来眼前的景色依旧，只是那里并没有你，我不禁苦笑，忙偷偷地拭去自己的泪。

（三）

这就是命运的安排，多少人会这样地想念着我，我不清楚，只是我心里想的人，却只有一个你。眼前的一条路，看似平坦其实却坎坷，那不只是一条路，也是我的情意。人生如此，本来就是在遗憾和不断的思念中来回拉扯。

心中的无奈，等到爱已经远走了，才发现自己是多么地不舍得你，可是一切却都已经来不及了，只剩下一个人独自伤悲。

这样的一首词，这样的一个浪子。曾经，人们都觉得他太多情，所以必定不会那么深地付出。只是不想却在连自己都不知道的时候，就爱上了，那么一个人。爱得如此执着，爱得如此坚定，只是为时已晚。爱已走，去到一个追不到的地方，只能在回忆里折磨自己。

有时候觉得命运其实也是公平的，我们在生活中也会遇到很多的多情的人，他们很是优秀，总是吸引人的眼球，对谁都是彬彬有礼。许多的女子都会芳心暗许，只是他们从不明确自己的心意，这样追逐的目光永远不会减少。

这样的人，我们又羡慕又忌妒，却更关心究竟他们会被什么样的人俘虏。也许就是那样的一个不期而遇，同样的彬彬有礼，同样的笑颜如花，然后匆匆一别，自此之后就不能忘记。只是不能忘记却再也找不回那人，让自己心动的人。

　　回忆起前尘往事，心里有说不出的悲伤，却只能在回忆里沉浮，谁让自己当初对谁都是一个样子，让人分别不出真情在何处。与其错过之后懊悔不已，不如遇到时就挽住手，留住爱，幸福了自己。

一日不思量，也攒眉千度

（一）

很多时候，总以为自己可以在感情中进退自如，却不想很多时候一旦付出了，想要抽身离开，想要彻底忘记却是不能。

想念，是一种不能形容的词汇，昼夜相随，形影不离。经过时间的不断加热，想念变成了孤单，只能一个人独自承受着伤悲，默默无语地悲伤。

若是当初承认，承认自己离不开你，那么你是否会留下，留下来陪着我，一起看日升月落，一起相拥着度过每一个夜晚？

我已经不敢询问了，因为这一切都是徒劳的。我让你走了，让你从我的身边离开；我让你走了，让你松开了握着我的手。此时想要懊悔，却已然来不及了。

每逢夏末芳华去，窗外的落花飞舞着，那花落下的一瞬间是那么美丽，可美丽的代价却是生命的终结。白色，纯洁的颜色，那柳絮自在地跟着风天涯海角地飞舞着。我开始羡慕那柳絮和风的爱情，这样的相依相伴，这样的有你有我，多么幸福。即使是飘忽不定，那又怎样？至少它们在一起。

终于还是忍不住轻声抽泣着，我的眼前再也无法出现你的身影了，我的世界你再也不会回来了吗？心里像狠狠地揪着似的疼痛着，这就是自作自受！每一次想你都会忍不住皱起眉头，一天多少次，我已经无法计算，多到数也数不清，即使我不想去想你，还是克制不住那紧皱的眉头，克制不住自己的一颗心。

（二）

洞房记得初相遇。便只合，长相聚。何期小会幽欢，变作离情别绪。况值阑珊春色暮。对满目、乱花狂絮。直恐好风光，尽随伊归去。 一场寂寞凭谁诉。算前言，总轻负。早知恁地难拚，悔不当时留住。其奈风流端正外，更别有、系人心处。一日不思量，也攒眉千度。

《昼夜乐》柳永

洞房便是初次相遇的地方，原本以为这样的相逢之后我们

191

会永远地在一起。谁能想到这样短暂的幽会欢好，竟然不得不被离愁别绪所取代。又恰巧赶上暮春时节。放眼看过去，都是那落花满地以及那乱舞着的柳絮，心里说不出地凄凉。我真的很担心这样的好春光都随着他的离去而消失。

春去人走，这样的场景个中滋味，似乎只能是对你诉说。而你偏偏不在我的身边，我又能和谁说呢？以前互相诉说过的情话、许下的诺言，就都这么轻易放弃了。我原本以为自己可以放下，可是谁知道却是如此地难以割舍。若是我早知如此，我一定会用尽一切的力量把你留住。

我的情人，不仅仅是风流倜傥、品行优良，还有别的让我动心的地方。这样的日子，一天不刻意地去想你，我也要皱上千次的眉头。

相遇总是那么地美丽，就在四目相对的一瞬间，就想着这样的感情会天长地久了。只是没想到，短暂的温存之后，你就不得不离开我，而我却似乎根本没有意识到自己对你的情意已经深得不能控制，就这么轻易地让你走了。

可是为什么，你走了之后，我的一颗心像是被掏空了一样难受。这种寂寞在我的心底里找不到合适的人诉说，因为你是唯一合适的那个人，而你却不在我的身边。嘴角的苦涩，缓缓地绽放开来。

（三）

柳永的笔下永远有许多受尽情感折磨的女子形象，他细腻地描写着真挚的情感，一幅一幅的画面跃然纸上。

古代的女子总有那么多的无奈，那么多的不能追求、不能追逐。而如今时代变迁，那样的无奈，似乎不会出现在都市女人的身上。现代的女子大多是敢爱、敢恨的，若是遇到自己喜欢的人，也会放下女子所谓的矜持，去大胆地追逐自己的爱情、自己的幸福。

这就是时代变迁带来的进步，女人对自己的情感更加负责。而这个社会也不能压制这样的情感，给了她们自由的空间——有爱、有追逐、有笑、有幸福。

然而，改变观念的同时，也会带来许多的负面因素。有很多的追逐不仅仅是为了自己的情感，还有人会为了物质，掺杂了许多现实的成分。这样的爱情，究竟是好还是坏？这样的纠缠，还是爱吗？更有甚者会打着爱情的高尚旗号，做一些龌龊的事情，以真爱之名，做着无良之事。

每个人的性格各有不同，但陷入爱情的人对于爱的反应却是一致的。一个女人若真心爱一个男人，会为他想得周全，不会让他左右为难；会为他顾及周全，不会让他受人唾骂。

在对的时间里，找一个值得的人，求一份值得的爱，勇敢追逐，相依相守。牵起手不放开，直到春暖花开，直到岁月老去。

午夜梦回，眼泪沾湿了衾帐

等闲变却故人心，却道故人心易变

（一）

那曾经的过去，那曾经的美好，那曾经的曾经，都只是存在于我的深深的记忆中。我看不见未来，因为未来已经离开，只有一个人的孤寂，回不去，到不了。

还记得初次的相遇，我一身白色的长裙，站在那栀子花下淡淡地笑着，你站在不远的地方静静地看着我，然后犹豫片刻，带着一脸害羞的笑容向我慢慢走来。

我的心跟着你脚步靠近的速度开始急促跃动。你站在我的近前，干净的衬衫上有一股很好闻的味道。你终于鼓起勇气，笑着说要交个朋友。我一愣不知道如何回答，于是含笑点点头。

我们开始了一段奇妙的旅程，你每天都会准时地出现在栀子花下，等着我经过。从开始的浅笑到交谈，从偷偷牵起的手到月下静静相拥。美丽与温馨、甜蜜和幸福一直围绕着我们。

时光悠悠地划过，不知道带走了我们多少的岁月，我的生活也跟着改变，我开始为你洗衣做饭，处理种种琐事，而你回家的时间却越来越晚，我等待的时候也跟着越来越多。

你总是有这样那样的理由，你总是有这样那样的借口，我的心慢慢地冷了下来，终于等到你说，散了吧。

我开始收拾自己的行囊，换上最初相见时候的白色连衣裙。你的神情一顿，终于还是轻轻地让到一边，看着我离开，终是没有挽留，想来也无法挽留了。你已经不是你了，我还做曾经的我，也就没有了意义。

（二）

人生若只如初见，何事秋风悲画扇。等闲变却故人心，却道故人心易变。骊山语罢清宵半，泪雨霖铃终不怨。何如薄幸锦衣郎，比翼连枝当日愿。

《木兰辞·拟古决绝词柬友》纳兰性德

人生如果总是可以像初次相见那样该多么美好！初次相见，彼此的感觉是那么美好、那么甜蜜温馨；彼此许下的诺言是那么动人、那么真挚。那一刻，坚信是彼此的唯一。

就好像班婕妤开始和汉成帝相遇一样，即使知道他是九五之尊的皇帝，班婕妤也是一样地深信他爱着自己，会给自己一世的宠爱。纵使能写出《怨歌行》这样凄美的诗句，也还是挽不回自己的爱情，只能是那过了夏天就被弃之不理的画扇。

开始的时候不是相亲相爱的吗？却为何如今你毫不犹豫就把我抛弃了，我问你为何这么轻易地就变了心，你却轻笑着回答，情人之间的感情本来就不可靠，本来是容易变心的，我忍不住凄然一笑。

我和你就如那唐明皇与杨贵妃，他们曾经七月七日在长生殿上许下誓言，最后却又不得不分离。可是即使这样，杨玉环仍旧是无怨无悔。只是你，又如何比得上那唐明皇，他对杨玉环还曾有过"在天愿作比翼鸟，在地愿为连理枝"的美好誓言，而你对我又有什么呢？

除了留在我心里无尽的伤痛和你冷冷的刺眼的笑容之外，似乎什么也没有留给我。你这样的一个人，叫我如何不悔当初的决定，叫我如何不怨自己的痴迷？

（三）

纳兰性德的词句总是那么美，他算是宋朝过后的唯——个能写出这么多优美句子的词人了，只是可惜 31 岁就离世了。一个男子，出身显贵，仕途顺达，却还是依旧可以让人感受到那么多的此起彼伏，我们不得不赞叹他的心思细腻，不得不惋惜他的英年早逝。

也许，正是因为他的绝佳的人生，才能挥得出这么绝妙的笔墨："人生若只如初见，何事秋风悲画扇。"谁能容颜不老，谁能永远处于一种心态看待这世事无常？

也许你会厌恶那老去的容颜，可知道这容颜正是在你的注视下慢慢老去？也许你会讨厌那柴米油盐的细碎，可知道这细碎却是每日必要经过的生活？若女子，不奉献自己，又怎会有爱人的意气风发、翩翩儒雅。

痴情的女子总是爱问为什么，可她心中却不曾有半点埋怨，只是自问是不是自己做得还不够好、是不是牺牲得还不够多？可终而百思不得其解，他还是走了。于是淡淡地收回目光，纵使心中有无限的怨恨，也还是骄傲地抬起头，微微启唇，愿他找到一个永远也不会被尘世干扰的女人。但她终有一天也会容颜老去，或许他终还是别她而去，又或许他成了她的故人。因为，薄情人的心，总是容易改变；薄情人的爱情，就像花期，灿烂而短暂。

此情可待成追忆，只是当时已惘然

（一）

记忆中的曾经，似乎有一种别样的魅力。当我们不经意间回忆起的时候，嘴角会扬起最美丽的微笑，但当回忆告一段落的时候，心里又会有一种说不出的酸楚。原来曾经是那么美。

那时的你，犹若一朵刚刚绽放的水莲花，那么清新、那么美丽，而我就是站在你身边的那一片翠绿的荷叶，我们在风雨中交相辉映，互相诉说，诉说着彼此的爱恋。就像无数的花和叶一样，我们的一生注定是相偎相依。在我看来，这样的时光、这样的时日似乎和日升月落一样地平常。

只是你走得匆忙，到了那夏末的时候，你已经悄然凋零，只剩下我由翠绿变成墨绿，孤独地守候着。和所有的叶子一样，都在等候着，等候着我们的凋零，等着春天再一次的到来。

直到你离去了，我才开始疯狂地想念你，同时也责怪自己，没有珍惜你在的日子，但却为时已晚。不，还不算晚，我们还有下一个春天，还有无数的下一个春天。只是再到春季的时候，我会好好珍惜和你的每一个日子。

秋风渐凉，我显得更加粗壮，莲藕也已然成熟了，心里竟然有一种说不出的释然。生命这种东西总有一天会离我们远去，只是当生命走完的时候，我不知道自己的心里还能剩下什么。此时我这才明白，原来我的心里剩下的、抛不下的竟然只有你。

冬天如约而至，我也枯萎了，落在河水里跟着河水的冰冻，慢慢地找不到了自己……

（二）

锦瑟无端五十弦，一弦一柱思华年。

庄生晓梦迷蝴蝶，望帝春心托杜鹃。

沧海月明珠有泪，蓝田日暖玉生烟。

此情可待成追忆，只是当时已惘然。

《锦瑟》李商隐

华丽的瑟，你为什么会有五十弦？原本只有二十五弦，如

202

今为何改变？这一弦一柱之间全是对那美好年华的无限思念。

庄周这样的人，仍然在自己的迷梦中追逐着、迷恋着蝴蝶，望帝也把自己的一颗心托付给杜鹃。明媚的夜晚，大海里倒映着的明月的影子，就像是一滴晶莹剔透的眼泪化成了的珍珠一样，美得那么动人。蓝田在这样的时刻可以生成如烟的美玉。

这样美好的情感只能在记忆中追赶，但当自己拥有的时候却是那么地不知道珍惜，只是当作平常。失去之后，做这样的感叹，何其悲凉！

这样的早晨，烟雾朦胧间看见那彩蝶飞舞；这样的早晨，层层的水田间仿佛听见那杜鹃啼叫的声音。人生的过往一幕一幕地出现在眼前，年华已然不在，故人也不在，忽然间在这沧桑洗礼之后一下子就看透了、一下子就通透了。

人生其实不过一场繁华的梦罢了，人生不过是你先或是我先的一场旅程罢了，总会醒来，总会结束。眼前的美景，水雾囫囵间，看不到过去的悲伤，有的只是曾经的那平常画面，原来心底最在意的却是那曾经的最平常日子。

只是当时并不明白，总以为那些东西是自己会一直拥有的，所以并不在意，直到如年，暮色的年华，才忽然开始想念，想念着那些已经要不回的记忆，那些已经追不回，追不回的年华。

（三）

眼前那海天一色的场景，耳边的风声呼呼地刮过，说不出地惬意。转眼已经过去了这么多个年头，我已经从那个17岁的白衣少年，变成了50岁的龙钟老者。不得不承认岁月的锋利、时间的无情，它们一起改变着我，它们一起修整着我。

一切都变了，没变的似乎就是这海上的景色，这蓝田的美丽，这淡定的风声。终于笑了，原来看尽世事之后的感觉，竟然是这样的。

这就是一个老者，在可能预感到自己生命终结的时候，发出的感慨，对自己不知道珍惜过去的叹惋。也算是对我们这些后来人的一个善意的提醒。

每个人都会经历青葱岁月再到白发斑斑，这是注定的生命轨迹，任你如何终是不能改变。所以，我们能做的事情只有珍惜，珍惜眼前那些看似平常的幸福。

很多人都会责怪生活的平淡，总想着去寻找那所谓的刺激。只是当刺激过后，剩下的还不是空虚、还不是寂寞？

不懂得珍惜时间馈赠的人们，最后终是会受到时间的惩罚，这惩罚远远超出我们的想象，让我们的双肩无法承担。

我们都会认为自己拥有青春，所以我们有资本可以肆意挥洒，可以高傲地俯视，却没有真正地仔细研究自己的内心到底想要寻求的东西。其实反反复复之后，你会发现，你舍弃的那些原本拥有的东西，才是最美好的属于你的真正幸福。所以，让我们暂时停住匆匆向前的脚步，看看身边的风景，好好地珍惜。

沉思往事立残阳，当时只道是寻常

（一）

一座孤坟，一份凄楚，一个心伤，一曲哀歌，分散的爱情，失去的依靠，无助的一个人。

西风肆意地吹着，吹着得意的人，也吹着失意的人。那说不出的悲伤，道不完的苦涩，这就是眼看着爱人离去，却又无能为力的人的心情。

伸手拭去眼角的那一滴泪，看着淌在掌心的那一滴泪，竟然不能言语。我的妻子，我此刻站在你的坟前，想着我们的曾经，想着我们的誓言，最后剩下的竟然只有这一滴泪，你说，我该作何感想。

又一阵的冷风吹过，我想要离开，却又挪不动自己的脚步，单薄的衣衫被风打透，一阵刺骨的寒意袭来。你会不会也冷，你会不会想要为我披一件衣衫？

我痛苦地闭上眼睛，那时的你乖巧地陪在我的身边，为我斟酒，为我布菜。我只是浅笑着握着你的手，你同样微笑着回应，那么温暖、那么温馨，又那么开心。

那样的日子，仿佛就在昨天，只是那时我却不懂得珍惜。直到如今，你再也不会出现了，我才想起那时所有的好，那时的我又是多么幸福。

我的妻，我的思念疯狂地繁衍着，已经侵蚀了我所有的记忆、我所有的情绪，胸口的一处痛得不能自已。恍惚睁开那泪眼，眼前依旧是那一处孤坟，伴着我的无限凄凉，无人说，没人懂。

唯一懂我的你，却再也不能与我对饮，不能与我畅谈，我的妻，我的一颗心自此之后没有人能接受了。

枯草，孤影，我，你。此生如是，此生如是！

（二）

谁念西风独自凉？萧萧黄叶闭疏窗，沉思往事立残阳。被酒莫惊春睡重，赌书消得泼茶香，当时只道是寻常。

《浣溪沙》纳兰性德

一个人站在西风中，那微凉的风扯着我凄凉的感伤，有谁能知道呢？眼前的萧萧落叶，让我不忍心看下去，于是伸手关上了窗子。夕阳残照，我站在那落日余晖中，想起往事的一幕一幕，不由皱起了眉头。

时光就这么匆匆地流过了我最繁华的岁月，你最美丽的年华。那时，是春日，我喝醉了，卧在床上。你那么温柔地注视着我，不忍心将我唤醒，不知不觉地靠在我的肩膀上睡着了。那时候我们一起在闺房里读书、品茶，乐趣无限。你是那样才情并茂，你是那样灵动美丽，那个时候觉得这是多么平常的事情。

而如今形单影只的我，只能对着落日，对着窗外的落叶，轻声地叹息。你不在了，永远也不会再出现在我的生活里了，想起后又是一阵锥心之痛。

信手翻开曾经在一起读的书，想起那时经常做的游戏。你总是那么睿智地看着我，等着我的答复，而你已了然于胸。那晶莹的水珠在你我之间流动，那欢乐的笑声响在耳边，我的嘴角浮现出一丝笑意。

手指僵在一边，眼前的秋风冷冷地提醒着我——只有我一个人，不再有你的陪伴了，你就这样长眠于地下了。秋天，你那里也是秋日，会冷吗？会想起我吗？

我的妻，无论是多少年的岁月繁华，无论是多少年的风雨颠簸，我都不会忘记你，不会忘记我们的曾经。

（三）

深深的爱，浓浓的情，纳兰性德写给亡妻卢氏的诗句。"当时只道是寻常！"字字血泪，字字揪心，往日的情景就在眼前，而身边的那个人却永远地离开，在那黑土地下长眠不醒。

为什么当时就没有那么刻意地珍惜？原以为这样的幸福会是永远的，原以为我们可以白头到老，原以为我们可以相互扶持，原以为我们……

有太多的以为，只是时间从来不曾为我们的原以为埋单，从来不会为我们的原以为驻足，它依旧是那么快地前行着，带走了我们心里的那个人。

黑夜来得悄然无声，它那么残忍地带走了光明，带走了温暖。谁也无法预料谁会发生怎样的变故，会遇到怎样的变故。所以不要再为了琐事而彼此不断地争执，不要口不择言地伤害着你深爱的人。也许，这个也许或者真的是太过残忍，但它却是真的存在。也许这一声道别就会变成永别，且让我们把每一次的分别都当作最后一次好好地珍惜，每一次的拥抱也都当作最后一次的拥抱般珍重。

爱，其实只是一个心动的瞬间。在漫漫的时间里，我们都在彼此地改变、彼此地融合，所以珍惜其实是在风浪过后、激情过后，我们得到的最终。

点亮一盏灯，点亮一个希望。我们的青春都希望是无悔的，我们的爱情都期望是完美的。好好珍惜眼前人，好好珍重眼前人。紧紧地相拥，爱情就在心间，幸福流淌在心底。

花开堪折直须折，莫待无花空折枝

（一）

"青春"是多么美好的字眼，青春是多么珍贵的东西。当我们拥有的时候，一定要好好地享受青春，好好地珍惜把握青春。可偏偏许多人等到年华老去再叹息，不知道珍惜。

我们都经历过这样的时光。总觉得老师和父母说的话都是压迫，不想听也听不进去，而多年后才发现当初该学的东西真的是错过不少，如今仗着自己还能抓得住青春的尾巴，好好地努力学习一下，算是对自己过去青春的一个补偿。

恍惚间又回到小时候。那时的我们似乎只是顾着叛逆，只是顾着发泄不满，似乎已经忘却了应该趁着年轻多学习一些东西。如今已是而立之年的我们，虽然已经不是最好的学习年龄，但至少我们在还不算晚的时候意识到了，青春是那么奢侈，过去了，纵然是千金也难买回。我们能做的就是珍惜这为数不多的青春年华。

鲜花盛开的时候，最美丽的年华，那醉人的年岁，不只是芬芳的味道，还有动人的风景。如果你正处在这样的年华，请一定好好地珍惜，不要等到错过了之后才感慨，才想起追逐，那时的努力要比现在多上百倍。

如果你已经错过了这些最美好的年华，那么也不要伤悲，珍惜眼下，是我们唯一能做的。

（二）

劝君莫惜金缕衣，
劝君惜取少年时。
花开堪折直须折，
莫待无花空折枝。

　　　　　　　　　　　　《金缕衣》杜秋娘

华贵异常的金缕衣，固然可贵，但我还是要劝你不要珍惜，而是要去珍惜那青春年少的美好时光。那枝头盛开的鲜花，正是折取的好时候，请把握时间折取，不要等到花儿都凋零了，只折了一个空枝给自己，给那花儿一个遗憾。

杜秋娘，一个传奇女子，从青楼舞姬到李锜的侍妾，再到唐宪宗的宠妃秋妃，一路跌宕起伏，靠的就是这首《金缕衣》以及自己的智慧。

那样的时代、那样的感叹，各种各样的解读，或许是她为了得到李锜的赏识而作，或许是为了改变自己的境遇而做。这些都不重要，重要的是她的才情、她的美丽。

人生注定是有很多的阶段，而最美丽、最灿烂的莫过于这折花的年岁。春风得意，色彩艳丽，那么美丽，那么骄傲。因为青春，因为年轻本身就是资本，是可以傲立一切的资本。

跟从着想象的梦马，眼前一个青春年少的绝色少女，长裙飞舞站在厅间，那乌黑的长发绾成一个发髻，乖巧地垂在身后。她巧笑如花，眉眼之中都是青春的样子，她低声地吟唱着："花开堪折直须折，莫待无花空折枝。"几人能不心动？

于是李锜按捺不住内心的激动，让杜秋娘做了自己的侍妾。然后时局变迁，几经辗转，杜秋娘成了宫奴，又一次做了舞姬。

在那繁花丛中，她依旧轻唱着自己的《金缕衣》，殿上的君王也动容，看着这样灵动的女子，让她成了自己的秋妃。她的宿命就这样一次又一次地辗转流离。

（三）

宫廷的生活说来动人，其实确实内藏着动荡。秋娘看着几位皇帝都死在宦官的手里，却最后还是没落在了那个她曾经辉煌过的地方。终是红颜老去，终是憔悴苍白。杜牧为她写下《杜秋娘》，却不能为她添一份温暖。那玄武湖畔成了她最后的栖身之所，无法摆脱的动荡，让她在44岁的时候冻死湖畔。

跌宕起伏的一生，跌宕起伏的一世，情海里波涛汹涌，宫廷中的几番争斗，最终在红颜消逝的年岁，结束了生命。

看杜秋娘的经历，读她的《金缕衣》，别有一番滋味。"劝君莫惜金缕衣，劝君惜取少年时。"金缕衣再怎么珍贵，也抵不过那青春。金缕衣总是有价可估的，而青春是无价的。它一刻也不会停留，不会因为你的家财万贯或是权力显赫而对你有任何的不同。它依旧是按照自己的步子，按照自己的速度向前走，永不停歇。

年轻真好，年轻的时候可以放肆地大笑，不在乎周围人群各种诧异的目光，人们也会对年轻人有更多的谅解、更多的宽容。

年轻真好，年轻的时候可以大胆地追求，不在乎结果是否会是自己期望的那样，只要自己努力地尝试过就够了，这就是年轻的洒脱。

年轻真好，年轻的时候可以全心地追逐梦想，不在乎是否会有相应的回报，因为自己更在乎这个过程，只要这个过程对自己来说是完美的就好了，这就是年轻的潇洒。

几人能不羡慕，几人能不忌妒？所以好好地珍惜眼前的时光，年轻的朋友们，你们手里的青春是最值得珍惜的东西。

人面不知何处去，桃花依旧笑春风

（一）

人生何处不相逢？在想不到的时候，就会遇见意想不到的美丽，别样芬芳，这也正是命运的美妙之处。爱情悄悄发生，所有生命的美好与希望都会随之降临。

每个人都会渴望这样的爱情，遇见时彼此都是最美的年华，纵使有些不如意也无妨，没有什么会影响爱情的发生。就这么浅浅地相视一笑，便认定了是今生无悔的缘分。多么美好，多么动人，不曾过多诉说，只是彼此喜欢着。这是最初的故事，在甜蜜里，总是会预想到未来诸多幸福故事。

这世间，所有他和她最初的故事，都是如许甜蜜。

原以为这样的情感会这样一直保持下去，幸福日日如新，却不想这样那样的原因，一个人先行离开了。于是，爱渐渐被离别占据，离开之后，虽然那想念、那惦记从来没有断过，却始终无法让对方知道。

在经历了无数个不眠的夜晚之后，终于有机会再回到那初次相遇，唯一相遇的地方。本以为她还会站在那花丛中等着，只是那风景中美丽的花依旧在绽放着，却不见了想要寻找的那一个人。原来幽怨着在这样的等待中只有我一直坚信天荒地老，只有我一直坚信这样的爱情也会存在，却不想你已经不再为我守候了。这才想起，原来我不曾对你说起过我会回来，我以为你会懂得我，有些话也不必说出口。如今有些许后悔，如果我当时就明确地告诉你，我喜欢你，我爱你，你是否会为我等待，你是否会再次出现在那繁花当中？

只是这个问题已经没有人可以给我答案，只能轻叹息，再叹息，告诉自己再遇到心动的人，一定要留住。

（二）

去年今日此门中，

人面桃花相映红。

人面不知何处去，

桃花依旧笑春风。

《题都城南庄》崔护

去年的这个时候，我一个人从这里经过。那是一处桃花盛开的院落，进士未中，我满心失落，抬头看见那桃花，桃花门内，悠悠地走出一个女子。那女子娉娉婷婷清秀的样子，对着我浅笑，一时间心里的阴霾一扫而光。她的笑容和桃花交相辉映，那么地动人。

　　女子请我坐下，端出茶水请我品尝。我道谢，她浅笑不语地坐在我的旁边，看着我饮茶，看着我将茶杯放下。我们开始交谈，我诉说着我的抑郁不得志，她安静地听着，柔声地开解，让我豁然开朗，原来这乡间竟有如此心地纯真的女子。

　　我离开的时候，明显地感觉到她的不舍，心里一阵温暖，因为有幸邂逅这样的美丽好。我在心里暗自作着决定，我还会再回来的，深深地对视之后，我离开了。

　　时光的脚步匆匆，几经忙碌，我终于有了时间再回到那桃花盛开的院落。今时，又是去年的时间，转眼一年过去，我的心里满怀着期待，期待着再见到那女子的样子。

　　只是等待我的却是失落，院落前再也没有那女子的身影，我甚至不知道她到底去了哪里。一个恍惚这才想起，原来我连她的名字都不曾知道。轻叹一声，院落边上的桃花开得依旧娇艳，颇有同情感地看着我不言不语，我也站在那儿不言不语。

耳边的风，轻轻吹过，带着那桃花的清香，带着那女子的笑声，回荡在我的心间。只是一旦错过，再也找不回了。

（三）

这首诗的故事到了这里，我们会觉得有无限的悲伤，错过了的美丽女子，带着遗憾，但后面还有一个传说。崔护写完这首《题都城南庄》就离开了。

过了几天他又返回那桃花盛开的院落，听见有人在低声哭泣。崔护忙上前询问，只见一个老者正坐在门旁。

老者问："来人是崔护吗?"崔护说是的。老人哭得更加地伤心了。崔护忙询问，老者回答说，自从自己的女儿看了崔护在墙上的题诗之后，就大病不起。原来崔护当年遇到的那女子就是老者的独生女儿。

崔护闻言也动容，跟随老人到房间里探望那病榻上的佳人。崔护握着女子的手，轻声地呼唤："我来了。"半日之后女子竟然痊愈了，老者高兴不已，将自己的女儿嫁给了崔护。

这只是后人的一个传说，是否属实无从考证，但我们都会希望这是两人爱情的真正的结局，毕竟完美的爱情更加动人。算是后人的美好祝愿，有情人终成眷属。

我们的身边很多美好的遇见，却在以为一定会有结果的时候，不知不觉间失去，擦肩而过，无法挽留。阳光灿烂的时候，两人美丽地遇见了，遇见了美丽着的彼此，只是不曾有承诺，不曾有憧憬，却固执地相信她在瞬间能明白自己的心。于是自信，自信地等着自己再去寻找的时候她仍旧在。

却不想，那么多的现实因素，那么多的变迁，也许她真的想等待，却无可奈何。也许她会认为自己是自作多情，于是自嘲着走开。

所以当你遇到一个让你心动的人，不要吝惜你的言语，一定说个清楚明白，即使注定是失去，那么至少心底清澈，不留遗憾。

第十辑
Chapter · 10

曲终人散，丹青诉尽了衷肠

琵琶弦上说相思

（一）

很多的爱情都是这样的结局，人们无力改变现实，只能接受现实的残忍。分离，再也不见，不知道你去哪里、我去哪里，只知道我们不在同一个地方。

人世间分别的场景与情怀总是相似的。这下面的故事，是古人有过的故事，也是你曾经经历或正在经历的故事。也许，伤感与离别，是每个人的爱情中必不可少的忧伤旋律。

几经颠簸之后，辗转反侧，终是回到那个最初相识的地方。那情景与我们相识之初一样，依旧是那样青葱翠绿的树木，娇艳的花朵也竞相绽放着，就连那檐上的燕子也似乎是曾经和我打过照面的那一对。

我呼吸着曾经熟悉的空气，寻找着、期待着你的身影。不禁想象着如果你也在这个时候出现，那该是多么完美的一件事情。

可是等待我的只有失望，环视四周时才发现除了少了你，什么都是曾经的样子。我轻声地叹息着终是躲不过命运的安排，我和你终是情深缘浅，只能止步于此了。

身后的雨声渐渐沥沥地响起，一个愣神的工夫，头发就被淋湿了。加快步子，找了一个亭子避雨，轻轻地掸了掸身上的雨滴，用力地甩甩头，忽然看见远处娉娉婷婷地走来一个身影，粉色的衣裙在风中飞舞，手握一把油纸伞向我走来。

我一个恍惚，莫非是你！心底是一阵一阵地惊喜。忙上前迎接，只是那身影在靠近亭子的小路上转了个弯，我也终于看清楚了那面容，并不是我的朝思暮想。相似却又不是，是一件多么残忍的事，提醒着曾经的幸福，又幻灭了眼前的期待。

本想伸出去的手僵在半空中，相逢、偶遇，谈何容易？不过是我一个人在痴人说梦罢了。那一双恩爱异常的燕子，又一次从我的眼前飞过，黑白颜色相互辉映着，是那么耀眼。这就是幸福的样子，我也曾经有过，只是此时，只能驻足看着别人幸福。

（二）

梦后楼台高锁，酒醒帘幕低垂。去年春恨却来时。落花人独立，微雨燕双飞。记得小苹初见，两重心字罗衣。琵琶弦上说相思，当时明月在，曾照彩云归。

《临江仙二首·其二》晏几道

梦中醒来，眼前不再是美好的景色，只有那深锁着的层层高楼，醉意早就消失了，人也清醒了许多。帘幕低垂着，像是配合着我的心情一般，那么压抑。去年的伤春情愫，别离愁苦，此时一一涌上心头。我一个人伫立在风中，看着那落花纷纷，说不出地哀伤，蒙蒙的细雨中，那燕子一双一对地飞去。

记得初见时，她身上穿了一件两重心字的罗衣。她纤长的手指轻轻地拨弄着琵琶，用曲子传达着她的相思情意。那时候明月在高空中望着，送她归去，那明月仍在，只是曾经被明月照耀过的彩云不知道去哪里了，就像我也不知道她到底去了哪里一样。

站在亭子里，雨仍旧在下着，燕子也依旧是在我的眼前来回地飞着，像是在炫耀着自己的幸福，又像是在嘲笑形单影只的我。于是伸出手，接住那从天空中掉落下来的雨丝，那么冰凉，恰似我此时的心情。晶莹剔透的雨珠，就好像你的泪珠，依依不舍，依依不舍却还是不得不离去。这就是命运，我们抓不住彼此的手，留不下彼此的影子，但是却能在心里相互永远地记住，我爱着你，你也爱着我，这样也许就足够了。即使带着遗憾，即使带着思念，但那心永远坚定。

（三）

昨日你还在我的身边陪伴，我以为这就是我们的永远，可是却不想我们终是迷失在这人群中，找不到你的我，失魂落魄；找不到我的你，伤心流泪。这就是我们的命运，任由我们怎样用力反抗终是无能为力。

可惜不是你，不是你陪着我看花谢花开；可惜不是你，不是你陪着我看日升月落；可惜不是你，不是你陪着我直到两鬓斑白；可惜不是你，不是你陪着我在那漫天落霞铺着的路上走回家。

我们曾经的爱情，就如正要绽放的玫瑰那么圣洁不可方物；我们曾经的爱情，就如那大海上的波涛汹涌澎湃。它时而宁静，时而喧闹，但却丝毫不掩饰自己的美丽。就要在心间盛开的花朵，让我们彼此都那么地珍惜。只是终是有那么许多的不可抗拒，我们不得不分散、不得不分离。

于是在各自的旅途中我们沉浮不定，我们听天由命。我有着这样那样的机会，而离开了我的你显得那么地单薄和脆弱，我甚至都不敢想象你的生活，不知道你会面对什么。同时，我也怨恨自己，怨恨自己的无能，就这么让你离开了我的世界。

面对现实，我告诉自己，不要回头再去想你。你的命运，我的命运，都不是我们能够改变的。只是那一颗心似乎已经不是我的了，我的话，它不听！

很多人错过了就再也回不去了，很多事错过了就再也找不回了。谁也不知道明天会是什么样的，所以拥有的时候，敬请珍惜，莫为爱留下半点可惜。

雁过也，正伤心，却是旧时相识

（一）

人生匆匆，你曾多少次地设想过在经尽这一世风雨，到老了以后的故事。你曾多少次担忧与爱人分别的故事。青春不在，别过爱人，当两件最悲伤的故事重叠在了一起，必然又是止不住的叹息。

细雨纷纷，我独自站在窗前，手中握着一个空酒杯。望着远处，恍惚间我不知道自己到底在看着什么。两鬓处已然有些许的银丝，这是岁月留给我的见证，见证着我曾经有过的青春年华，见证着我曾经有过的美好幸福，见证着我曾经遭受的世事变迁。

这就是人生，本来就是起伏无常，谁也不会知道自己的明天会是什么样子的，变迁总是不约而来。它那么残忍地改变我原来的生活，让我变成了孤单的一个人，没有谁陪着，没有谁伴着。虽然我已经不惑之年，眼看着就要走进暮年。但是这变迁没有丝毫怜悯，就这么来了。

人老了，伴却没了。眼看着他的身体由温热变成冰凉，却毫无办法！那一瞬间甚至忘记了哭泣，忘记了疼痛，那一刻不知道是什么滋味，不知道该作何反应。

直到有人推了推我，我的眼泪才回过神来，落了下来，打在我握着的他的手上。那晶莹的泪滴里有着我们过去的点滴，有着我们过去的幸福，只是再也留不住了，再也回不去了。一个人的家，还是家吗？

手中的酒杯空了，那酒早已入喉，此时的心情有说不出的悲伤。一阵寒风吹起，地上的落花跟着风向前动了一动。风停了，落花也停了，动不了了。

我忽然有一种想要哭的冲动。你走了，我的孤独不言而喻；你走了，我的心碎不言而喻。

（二）

寻寻觅觅，冷冷清清，凄凄惨惨戚戚。乍暖还寒时候，最难将息。三杯两盏淡酒，怎敌他、晚来风急？雁过也，正伤心，却是旧时相识。满地黄花堆积。憔悴损，如今有谁堪摘？守着窗儿，独自怎生得黑？梧桐更兼细雨，到黄昏、点点滴滴。这次第，怎一个愁字了得！

《声声慢》 李清照

为什么，这世间总是少不了离别的故事？为什么，现实总是会带来这么多伤心的理由？一个"愁"字，就写尽了无数的生命故事，也写尽了一代才女李清照的半生苦难。这哀婉的《声声慢》一字一句，都始终跳跃着一种不宁息的愁。

我苦苦地寻觅着你的踪影，几经找寻却还是只看见那冷冷清清的场景，这怎么能不让人觉得凄凉悲戚？这样的季节忽冷忽热的天气，真是最难度过、最难保养休息了。

我举起杯，喝下那三杯两盏的淡酒，想要取暖，只是这怎么能抵挡住晚上那寒风的袭击呢？忽然抬起头，眼看着一只大雁从我的头上飞过，我更加地伤心难过了，这大雁都是我以前见过的旧识。它的叫声也显得那么地孤独酸楚，莫不是和我一样，也没有了伴侣？

回身看那花园中黄花已然零落堆积在地上，那憔悴无须形容，这样的昨日枯萎之花如今还有谁会来采摘？

没有人了，最美好的时节已经过去了，剩下只有没落了。

我一个人冷冷清清地守候在窗子前面，看着窗外那萧条的景色，不知道什么时候才能熬到天黑。窗外的梧桐叶子上可以清楚地听见那细雨敲打的声音，黄昏时分，还是点点滴滴的声音回响在我的耳边。此时此刻，这样的情景怎么一个"愁"字形容得尽！

一阵寒风吹过，我不自觉地紧了紧衣服，双手触碰的时候，我才发现自己的手早就已经是冰凉的。这样的等待，这样的孤独，真是难熬，真是难耐。

外面的天色终于是完全地黑了下来，我起身关上窗子，也想关上对你的思念。只是，只是……

（三）

夜色黄昏，人生百态，经历过无数的悲喜，看尽了人世的沧桑。李清照，一个传奇的才女，一个动人的女子。

赵明诚的精心呵护，她幸福，她快乐，她写下"红藕香残玉簟秋"，她写下"知否，知否，应是绿肥红瘦"。丝毫不掩饰的相思情意，两人的幸福生活也着实让人羡慕，闲来无事读书、品茶，这样的情投意合，这样的你侬我侬，不知羡煞多少人。

然而，时间的脚步不会为谁的幸福而停留，历史的变迁与动荡也不会为了谁的幸福而缓步，转眼间国破山河在。

国家破败，赵明诚也因病离世，李清照生命中的太阳不见了，跟着的却是狂风暴雨。她失去了爱人，她失去了家，却变得异常地坚强，她这个时候写下："生当作人杰，死亦为鬼雄!"她是豪迈的、豁达的。

但是当夜幕低垂的时候，当细雨纷纷的时候，她还是控制不住自己的思念，控制不住自己的爱恋，那么深、那么多地想念着，想念着自己的丈夫。

"这次第，怎一个愁字了得!"怎一个"愁"字说得尽心中的无数哀怨，怎一个"愁"字能说尽心中无数的相思!

本来相约携手走完人生的道路，如今这样的动荡岁月，只剩下我一个人来面对。我不知道天黑的时候该如何取暖，我不知道一个人的夜晚如何不怕黑。当眼泪又一次涌出眼眶，方才懂得爱，原来是这样地深刻。来得那么地容易，却走得那么地难。

珍惜过的人，应该无悔，却不能不想念，但有个无悔总算是一个很好的安慰，让我们为了无悔而珍惜。

相顾无言，惟有泪千行

（一）

你穿着粉色的裙子从远处笑盈盈地走来问候我，我浅笑着回应，然后温柔地牵起你的手，我们并肩地向前走着。那美丽的夕阳在慵懒地注视着我们，带着点点的笑意。这样的情境，是多么幸福惬意、多么快乐而美丽，哪一个主角又会不满心欢喜？

你忽然说很想跳舞，我点点头说好的。于是你松开我的手，我觉得手里空空的，很是难受。你开始舞蹈，越跳离我越远，我的心有说不出的慌乱。于是我快步赶上你，但我却无论如何再也赶不上你的步子。

你终是消失在我的眼前，我大声地喊着你的名字，期望你能给我任何的回应。只是你，纵使是那么地依依不舍，却还是消失了，变成了空气一般，找不到了。

我猛地从梦中惊醒，手心里全是汗，原来是一场梦，一场美梦。我以为我又见到了你，在你永远地离开我之后，我又一次握住了你的手，但仍旧又一次让你消失了。

脸上的是汗水还是泪水，已经无法分辨。在这个辗转难眠的夜晚，往事一幕一幕地浮现在眼前。那时候你总是喜欢握着我的手，和我轻声地诉说着你的心事。我若笑而不语，你便假装生气；我若口若悬河，你便眼带笑意。其实你不过是想让我多了解一些。

我懂你的心，一直都懂，也希望能一直懂下去，只是，只是谁也没能为我留住你，就在我的眼前你走了，再也没能回来，成了我心里永远的伤逝。

(二)

十年生死两茫茫，不思量，自难忘。千里孤坟，无处话凄凉。纵使相逢应不识，尘满面，鬓如霜。夜来幽梦忽还乡，小轩窗，正梳妆。相顾无言，惟有泪千行。料得年年肠断处，明月夜，短松冈。

《江城子·乙卯正月二十日夜记梦》苏轼

十年，十年。我和你一生一死，生死离别已然整整十年！我想着你，你也一样想念着我，只是我们无法相见、无法相拥。我对自己说不要再想念了，但是却控制不住自己的一颗心，停不下那思念。

我的妻子，你的坟墓远在那千里之外，我无法经常地过去看你，真的对不起。想要和你说说心里的话，却没有一个可以够得到的地方话凄凉。我要怎么形容那悲伤。即使我们又见了面，你应该不会认识此时的我了。我终日里四处奔波，满脸都是灰尘，鬓边的黑发也全都变成了银丝，早已不是曾经我们在一起时快乐的模样。

晚上我做了一个梦，隐约中我又回到了我们的家乡，回到我和你一起拥有的那个家。我看见你正坐在那小窗的前面，对着镜子梳妆，你还是曾经的模样，那么美丽动人。你忽然回过头，看见我，我们四目相对，那一瞬间我想说很多的话，想把我的思念一股脑地说给你听，只是嘴里一阵的苦涩，却一句话也说不出，而你早已是泪流满面。

料想那年都会让我肝肠寸断的地方，你的坟墓，明月已然照耀着，那小松树下的坟墓，不知那思念何时能有一个解脱。

（三）

这首词是苏轼写给自己的亡妻王弗的。王弗美丽动人，与苏轼情投意合，只是天不遂人愿，两人恩爱相伴了十一年。十一年之后，王弗病逝了，苏轼就开始思念自己的妻子，加上自己的颠沛流离，没有一个知心的人儿陪着，自是更多的愁苦。

转眼十余年就这么过去了，苏轼的思念在这十年间不曾间断过，不曾减少过。这样的男子，这样的至情，王弗应该此生无憾了。

夫妻，本应该一生一世相扶相持，可是就有人走不到最后。于是先放开手，带着无数的眷恋，带着无数的思念，走上了开满彼岸花的路，总是一步三回头，也还是不能摆脱那命运的注定。可人走了，情仍在。

欣赏这样的情感，情感的双方，都应该有自始至终的忠贞。既然爱了，就彻底地爱，就完全地爱。即使她走了，也依然坚守着，不放开自己内心的那个城堡，只住着她的城堡。即使她走了，也依然愿意等待，等待着与她再度重逢的日子，虽然那日子是自己生命的终结。

雁来音信无凭，路遥归梦难成

（一）

世界上总是少不了离别的故事，总是摆脱不了伤感的情愫。思念就如春风，离恨犹如那春草，春风过处，春草就开始疯长起来。

想留不能留，相忘不能忘，这是离别里不可言说的伤，却始终无法拒绝。因为心怀浓情，因为心有挚恋，所以当离别在生命中上演，春风带回他的气息回还，心中热烈的情感便开始复苏。那风声中有他的绵绵絮语，还有他在远方的消息。而只有满怀着浓情与思念的人，才能听得懂这风中的故事。

于是，思念与离恨缠绕在一起，将世界渲染；于是，春花秋实中，夏雨冬雪时，空山鸟鸣处，车马喧嚣间……所有目光所能触及的事物里，都有被这样那样的情感染成的不同的色彩。

多情人的故事总是这样婉转、浓烈，多情人容易伤感，也更懂情谊。所以，纵使离别多苦，也是一种饱含着浓烈情感的生命色彩，它有着独特的生命意义。

离恨是愁苦的，可不懂离恨的人却是遗憾的。

（二）

别来春半，触目愁肠断。砌下落梅如雪乱，拂了一身还满。雁来音信无凭，路遥归梦难成。离恨恰如春草，更行更远还生。

《清平乐》李煜

一缕春风，带回了弟弟的消息，也吹醒了"诗词之宗"李煜的春愁。于是，笔墨流转，灵动的文字便开始潺潺地诉说心思。

转眼间，我们离别已经有大半个春天了，那入目的景色无一不让我备感伤怀、肝肠寸断。台阶下那飘落的梅花，就像是雪花一样地凌乱，飞舞着，刚刚把身上的拂去，又沾了一身，怎么也去除不了。

往来传递着信息的鸿雁已经从我的身边飞过，并没有带来你的消息。我们之间的路途是那么地遥远，这样的行程又是那么地艰难，就算是梦中回来，那也是一件难事。离别的愁恨就

238

如那春天的野草一样，越来越茂盛。

　　我们终是撒不开那思念，扯不断那牵挂，这样的生活也不知道要维持多久。也许这就是我们的永远了，命运注定我们的身份不同寻常，所以我们所肩负的责任也必定是不一般，这就是你我兄弟的命。

　　既然成为了帝王之子，那么就要为国家的兴衰承担一定的责任。

　　这是李煜写给弟弟从善的一首词，那句"离恨恰如春草，更行更远还生"也成为千古传颂的诉说离别之情的佳句。

　　那无奈的分别，那兄弟间真挚的情感，尤为动人。谁说相思只在情人间？相思，相互思念之意，兄弟之间也显得那样深刻。

　　从善入宋为质，其实李煜心里清楚地知道，宋已经是那么地强大，根本不会容许南唐存在，所以从善从一开始出门，就注定了没有归期。这担忧混合着想念，心底里涌上的则是无尽的酸楚。

　　（三）

　　离别里，不单单只有爱情故事，还有亲人离别的伤感。

　　一个朝代最后的帝王，一个时代伟大的词人。跌宕起伏的人生，悲欢离合的现实，不由得让人们更加叹惋。前途不知何所谓，前路不知何所行，那种迷茫，那种担忧，都是那样真真切切地回荡在两个人之间。从善若是看到这首词，很快就会明白兄长的思念。其实，有时候，一脉相连骨血亲情要比爱情牢靠得多、浓烈得多。

离别，缠绕于兄弟之间，不似爱情那般哀愁与缠绵，却有着悲壮与厚重。这样的离别，不能让情感变得寡淡，反而在浓浓的思念里更加厚重。血缘之亲，是永远剪不断的生命牵连，以此传达爱意、传递情感。

也许，有兄弟姐妹的人是命运的宠儿，不忍他们彼此孤单，才用血脉将两个人生命牵连。因为有他，才教会你爱与分担，分享幸福，分担风雨，人生之路，也必然不会孤单。而且，你知道，你永远不是无路可逃，当你疲惫无助时，有一个温暖的港口，随时可以靠岸。又或许你们在长大后天各一方，纵使那离别的思念会日夜地拉扯着你牵挂的心，那么，这也是一种难得的幸福。因为，那离恨与牵挂交缠的外壳下，包裹着的是浓烈的情感，那个中甘醇清甜，会滋润着漫漫人生。

不为别离已肠断，泪痕也满旧衫青

（一）

多情多思的人，总是会有比别人多的泪痕。而那些被叫作"曾经"的爱与回忆，又让多少单纯天真的生命，变成了充满忧伤的多情人。这是古往今来不断上演的故事，那是一种痛的成长，亦是一种爱的蜕变。

时光深处，幽幽古时，我看见一座小小的宅院，一个暖暖的窗前，一个被愁情缠绕的女子。我看穿她的心事，只因为她和我有着同样的故事。

淡粉色的帷帐，整齐地分开挂在两边，床铺上的鸳鸯被子叠得整整齐齐。窗子上小巧的窗花贴在上面，风吹过来的时候，有一点微微颤动。桌子上我们一起采摘的花，还在花瓶里插着。窗外的小鸟落在窗台上，自由地跳来跳去。

我一个人坐在桌子前面，手里是一个满是茶水的杯子，随意地晃动着，茶水洒了一桌，手边的丝巾已经湿了，我还浑然不知。这是你走了之后的第几天？我该问问谁，谁又能替我数一数这日子。这煎熬的日子，虽然只是短短几日，在我看来却似乎是千万年一般难耐。

仿佛昨天我们还一起在花间追逐，转眼间就天各一方，让我怎能不伤怀、不怨恨这离别？眼前的柳絮在飞舞着，已经没有了根基，它的生命没落了，就像我，没有了你，也是生命没落的起点。

不知不觉，你轻轻地推开门，温柔地握着我的手。我欣喜若狂地靠在你的肩头，你也开始诉说着你的想念，我的眼泪跟着语言一起迸发。这幸福的时刻，这美好的时刻。

忽然听见一阵鸟鸣的声音。我惊醒，睁开眼睛，眼前依旧是空荡的房间，没有你，没有诉说，唯有孤独。

我开始怨恨那鸟，这样美丽的梦，怎么就不能让我多沉醉一会儿，就这样醒来。心中满是悲凉，心中满是哀伤。我的爱人，你何时才能回来？泪水又一次涌出眼眶，一滴一滴落在我的衣衫上，也落在我的心里。有些酸楚、有些痛苦，那是一种煎熬滋味。

（二）

多情自古空余恨，好梦由来最易醒。岂是拈花难解脱，可
怜飞絮太飘零。香巢乍结鸳鸯社，新句犹书翡翠屏。不为别离
已肠断，泪痕也满旧衫青。

《花月痕·第十五回诗》魏子安

多情的人由古至今都会有许多的遗憾，这遗憾时刻地提醒
着这伤感的事实。美好的梦也是最容易醒过来的，是幸福地醒
过来，而后看见眼前的真实，心里有说不出的凄凉。

这样的愁苦不是像那飞花一样，离开枝干就算是一种解脱，
可怜的飞絮依旧在空中没有目的地随风飞舞着，那么孤独，又
那么凌乱。从此后，没有了皈依。

苦愁的花絮飞起，那多情人的思绪也开始慌乱，往事愁情
又将她完全淹没。

在刚刚开始的时候，幸福的生活就像水中的鸳鸯一样幸福
地戏水，那似乎是昨日写在翡翠屏上的字句，一切一切都历历
在目，可是你已经不在我的身边了。

不用想别离时候的情景，我已经肝肠寸断了，那泪水已经
沾满了青衫。一件一件，全是我的泪水，全是我的思念，全是

我的爱恋。

本以为深厚的情意不知在何时就变成这样了，任由时时刻刻地想念。虽然我们之间也有着千万里的距离，但是这在我并不算什么，我的思念可以跨越这一切的阻碍。

你也是爱着我的，我们有过那么多的美丽的回忆、那么多快乐的事情，我记着，你也记着，这就是相爱最好的印证。

只是我们不得不面对分别，为了你的前程，为了你的梦想。我愿意收拾心情送你远行，也期待着你梦想成真的时候，依然可以想着我，这就足够了。也算是对我这些泪水的一个交代。

（三）

这诗源自魏子安的《花月痕》。《花月痕》是清朝的一部言情小说，描写韦痴珠、刘秋痕和韩荷生、杜采秋这两对才子与妓女的故事。

韦痴珠是一代风流才子，才华横溢，不拘世俗，提出各种求新的想法，只是不被世人接受，最后抑郁不得志，潦倒而亡。刘秋痕是当时的名妓，与韦痴珠一见钟情，两人都有着高洁的品格，最后为韦痴珠殉情而亡。与两人的结局完全相反的是另一对有情人，韩荷生和杜采秋。韩荷生最后官场得志封侯，杜采秋也成为一品夫人。他们光鲜的爱情故事反衬着韦痴珠和刘秋痕的不幸，只是他们二人更懂得迎合事实，不会锋芒毕露，所以生活也自然是安稳的。

有多少人用心读过这本书，有多少人记得这本书中的故事，但是绝大多数的人都是只记得那句："多情自古空余恨，好梦由来最易醒。"因为这样的句子写得太好、太动情，仅仅十几个字，却浓缩了诸多情感的精华。所以，这诗句的光彩已经盖过了整部小说。

这一首诗，是杜采秋写给韩荷生的。我们暂且抛开那为人为官的点点滴滴，只看这开始时候的情感，多么纯真、多么动人。

其实无论人的身份如何，无论人的遭遇如何，人们对爱情的渴望、对爱情的真挚，都是感天动地的。只要勇敢地追逐，两个人同样地坚定，朝着一个方向努力，那么幸福是一定会到来的。

宿命是愿望的投影，真正渴望幸福、追逐幸福的人，能有力量破除万难，得到幸福，也更有理由幸福。

图书在版编目(CIP)数据

相见若只当时月：古诗词中的相思之美 / 夏若颜著.—北京：中国华侨出版社,2015.4

ISBN 978-7-5113-5360-3

Ⅰ.①相… Ⅱ.①夏… Ⅲ.①古典诗歌–诗歌欣赏–中国 Ⅳ.①I207.2

中国版本图书馆 CIP 数据核字(2015)第072116 号

相见若只当时月：古诗词中的相思之美

著　　者 / 夏若颜

责任编辑 / 文　蕾

责任校对 / 孙　丽

经　　销 / 新华书店

开　　本 / 870 毫米×1280 毫米　1/32　印张/8　字数/200 千字

印　　刷 / 北京军迪印刷有限责任公司

版　　次 / 2015年7月第1版　2020年5月第2次印刷

书　　号 / ISBN 978-7-5113-5360-3

定　　价 / 40.00元

中国华侨出版社　北京市朝阳区静安里 26 号通成达大厦 3 层　邮编：100028

法律顾问：陈鹰律师事务所

编辑部：(010)64443056　　64443979

发行部：(010)64443051　　传真：(010)64439708

网址：www.oveaschin.com

E-mail：oveaschin@sina.com